秋的马
更加骨峻如风

子禾　著

文汇出版社

图书在版编目(CIP)数据

秋的马更加骨峻如风 / 子禾著. -- 上海：文汇出版社，
2018.6

ISBN 978-7-5496-2633-5

Ⅰ.①秋… Ⅱ.①子… Ⅲ.①诗集-中国-当代
Ⅳ.①I227

中国版本图书馆 CIP 数据核字(2018)第 127755 号

秋的马更加骨峻如风

著　　者 / 子　禾
责任编辑 / 吴　华
出版策划 / 力扬文化

出版发行 / **文匯**出版社
　　　　　上海市威海路 755 号
　　　　　（邮政编码 200041）
印刷装订 / 保定市铭泰达印刷有限公司
版　　次 / 2018 年 6 月第 1 版
印　　次 / 2021 年 1 月第 2 次印刷
开　　本 / 880×1230　1/32
字　　数 / 160 千
印　　张 / 9

ISBN 978-7-5496-2633-5
定　　价 / 58.00 元

目录

灰色图书馆
（2006）

初冬的昆玉河　　　　　　　　003

飞逝　　　　　　　　　　　　004

星光下的图书馆　　　　　　　005

窗外的枯树　　　　　　　　　006

在殡仪馆和一位死者告别　　　007

雪　　　　　　　　　　　　　008

小路与阳光　　　　　　　　　009

拟挽歌　　　　　　　　　　　010

虚无之镜
（2007）

孤独　　　　　　　　　　　　015

黄玫瑰　　　　　　　　　　　016

轱辘　　　　　　　　　　　　017

黄昏　　　　　　　　　　　　019

早春 020

一条孤独的狗 021

梦幻 022

雨之歌 023

残长城 024

永恒 026

死者 027

天坛 028

故乡的老井 029

我们在古旧的木船上 030

豹子 032

雨水 034

玫瑰与咏叹

（2008）

庭院 037

清晨与死亡 038

温柔的夜 039

散歌 040

太阳之歌 041

图书大厦 043

天水 044

理想国 045

死亡的梦中狂欢 046

鱼 048

玉兰 049

目录

云层隐匿着群星
（2009）

哀歌	053
箭扣长城	054
一个黄昏	055
二月	056
诀别	058
花椒树	059
壁虎	060
红裤子兄弟	061
孤独	065
致爱人	066
小院	067
一座想象中的边疆小镇	069
它	070
碟子里的鱼	071
冬日赞美诗	073
雪后	075

生活的老马垂眉顺目
（2010）

山行	079
一夜	082
火之歌	085
黄昏	087
被废弃的海贝	088
蜡梅	089
孤夜	090
雨夜的流浪者	091
一	092
雪椿	095
磨刀匠	097
疲倦的夜	098
精神	099
精神（二）	104
黎明的失落	106
向日葵	107
秋	108

目录

鸦群在田垄上追逐

（2011）

西行散记 119

倾斜的黄昏 122

清晨 123

杀羊 124

死亡 126

午后 127

七月 128

缄默的女孩 129

初秋致文森特·梵高 130

秋日幻想曲 131

野花 134

暮色 135

另一种暮色 136

避暑山庄散记 137

乌兰布统 141

闪光的树 144

唯有警觉 145

所得 146

我迟疑的皮囊 147

灵魂，茂盛的芦苇 148

如果不能 149

此刻 150

山岗 151

金银木 152

雪在窗外聚集
（2012）

致爱人 155

我要离开这里 156

我与你那么近 157

夜柔软蓬松 158

冬日之光 159

一边是 160

生命 161

烧伤的金子 162

雾一样轻薄 163

震颤的豆子 164

目录

南方的梦	165
新雪	167
冰冷的死神	168
灰鸽子	169
死亡温柔	170
河神	171
最后的荷尔德林	172
豆灯狭窄	173
那些经冬的	174
春夜	175
金眼睛闪烁	176
邮递员	177
失语者	179
月亮隐逸	180
怀人，兼致 W. S. 默温	181
马群	182
一闪念	184
银的烟	185
是一粒麦子	186
公马	187
时间的反光	188
河面上	189

死亡苦涩，死亡甜蜜
（2013）

故乡之夜　　　　　　　　193

光在天上那么明媚　　　　194

逝者　　　　　　　　　　195

一梦　　　　　　　　　　196

山行　　　　　　　　　　197

自然令人欣喜　　　　　　200

多少斑斓事　　　　　　　201

以繁花　　　　　　　　　202

忧郁的枪手　　　　　　　203

生命之灵轻浮　　　　　　204

死亡在黎明袭击马匹　　　205

何时　　　　　　　　　　206

晨雾缭绕　　　　　　　　207

最后稀疏的叶子　　　　　208

那大车在路上　　　　　　209

是一只鸟飞起来　　　　　210

目录

梦中的做梦者
（2014）

神秘 213

凿凿 214

树 215

隐藏在枝叶中 216

人生多歧路 217

天色黑透 218

四月的秘密 219

往事 220

偶遇 221

蒙特枫丹的傍晚 222

影子之树 224

达赛诺尔 228

诗人像 235

是圣人的美意

（2015）

湖光	239
那三棵树	240
南湖	241
死亡金黄	242
山行	243
像锥子一般刺我	244
鬃毛不再飞扬	245
像马群	246
我看到它们	247
死亡	248
阴雨	250
暮春	251
死亡已经认领	253
致爱人	254
叹息	255
枯叶飘零	256
白雾	257

灰色图书馆

(2006)

○
●
●
○
○
●

初冬的昆玉河

那空明之境必重现时光的步履。
苍青的断砖残石，沉入水底的柳枝，银杏叶
黑色的木头，天空落下的失足者
以洁净的透明昭示时光丰盛。
而属于历史的宏伟叙事和其中的人物
他们的言语和感慨
诗书和灵感，以及他们的迷梦与思虑
仿佛来自时光深处的灰。
这强大的偶然消解所有秩序，像一面古代的镜子
黯淡神秘的铜绿色泽
使我与历史和落叶获得平等。

飞逝

金色的阳光洒在屋后的小槐树上
我正听着悲伤透明的音乐
像空旷的深山里，云影静悬
夕阳未落时，黑色之鸟欢快的飞翔
远处是移动的羊群和牧羊人
像无名的草木，那些自然的宠儿
又像流浪者孤独的徘徊
时光终于露出微黑的影子
月亮渐渐升起，光辉那么清澈
这使我想起逝去的春日荣华
那槐树新发绿芽，那些欢快的
鸣叫啊，初生的鸟自此就要远远飞逝

星光下的图书馆

书籍的神秘森林，这深奥的灰色太空
意义的真空里无数花朵滥放
石头的翅膀飞鸟的剪刀
我们用语言探讨语言的虚实。唉
这严肃而诱人的牢笼
这条路的尽头再多的安静都必然浮动着繁复。
面前上好的红木家具
每一处都盘踞光的漩涡，如预谋的眼睛
时光将在这里充盈又贫乏
我将于某一刻在这里盛开又零落
而依附于我的那所有平常和稀奇之物
都将于一闪之间化为虚无
远方是一片灰色的水域，等着我
死亡如夜幕闪烁静默之光

窗外的枯树

这一瞬之间，那另一个我逃出牢笼
从窗子的缝隙出去。
外面的天空和屋顶都是灰白的雪
充满湿润的光和泥土的气息
舒展的树如流动的河床。
一些摇摆的灰色思想与我相望
一道墙犹如时间之网
将我所触及的拦在回忆恍惚的对岸
而背后隐约的灰黄
或许远至虚无，如我前生。

在殡仪馆和一位死者告别

秋风像猛兽一样迅疾，把岁月推至最后的灵光一闪
萧萧落木。就在这样的一天
我们在石头砌成的大厅里和你告别。
每一次响起舒缓的音乐，盛着精致骨灰盒的小车
庄重的经过，这些先行者也如你一样
给存活者以生命脆弱的启示。
然而这饱含重量的仪式，这人员众多的送别
都离你那么远。你的诀别似乎只在昨天
这个世界的房屋，不起眼的树木此刻
都饱含悲伤，或许就像你一生里的某个黄昏
草木柔弱，时光短暂。这肃穆的庭院
阳光的金黄也无法掩饰死亡的味道
就在这里在这样的一天，我们
和你永别。死亡必给你以朴素的荣耀
你以死生给我们，这些悼亡者。

雪

那温厚的灰色天际永世宁静
雪缓缓的飘落下来
在高楼顶上，在木头的小屋顶上
在烟囱和电线杆上
在静穆的树上，荒草、大地、小径
绵延的水域和远方的麦田上
就如在夜幕里，在所有生长的土地
和庄稼，乡村的庭院
在一切生者和死者的记忆
时间的苍茫。也在我们身上
爱人，我们前面和后面
我们静静的脚下，我们不存在的步伐。

小路与阳光

阳光从西面洒下来
带着苹果尚未成熟的味道
透过树的间隙，一块一块，那金黄啊
多迷人！柏油路面多么清新，像刚洗了雨水
秋天如此明净。亲爱的，
高大的杨树从路两边一直排到深处
石阶上的光亮多温暖
一层落叶堆在旁边，静静的
像游子归家。一辆小车从远处驶来
缓缓的从陌生人身旁经过
如一阵不曾相遇的风
不碾碎这世界的一丝向晚之光
也不带走一丝安宁
唉，这才知，伤感是多么偶然

拟挽歌

我童年的事情有些忘记有些
尚如长满野葡萄的山岭，青青的云气。
我曾悼念一些悲戚的死者也曾叹惋艰难的讨生者
也有一些被我无意中遗忘在核桃树的正午
核桃树下首蓿遗忘丧生的飞鸟。
我曾在简陋的窑洞里敬拜祖先和神灵
如今在远方把他们遗忘，也偶尔把他们思念。
当年的学童眼里满是生活的迷雾与重负
也有属于他们的苦涩的欢乐。
我已写下浪漫的诗，激烈的诗，平和的和虚无的诗
我也写过无名的陌生人，爱情，时间和天空。
我和几个人彻夜长谈，因那无限的秘密
我深爱一个女人，她在梦里
找到斑斓的色彩和大海的故事
她向往天空金黄的月亮，她深爱着我。
世间的事情没有多少使我迷恋
我也不鄙夷上帝的圈套，酒会和政治
看到那些死者，我知道我也必将汇入他们的河流
我的路或许已逼近那个漫漶的岔口。

我并不紧张，天上的强光使虚无那么强大
我接受与所有人一致的命令
我种下的苦杏仁谁知道它何时发芽。

虚无之镜

(2007)

孤独

外面春天渐次复苏
细碎的阳光一点点洒落松林间

风和鸟偶尔飞过来
好像已去又好像未来

这必然之物
如一个人的孤独散漫

园中空地上的柿子树
尚未发出新芽。经冬的枯寂

与鸟鸣，依然迷人
无名的微光

仿佛闪耀在童年

黄玫瑰

花朵，我无意中从你身旁经过
死神在秋天的黄昏舞蹈

黄玫瑰，黄玫瑰你黯淡的芬芳
如诗篇中毫无着落的忧伤

死亡如同拐过街角的秋风
它摧毁你所有的金黄，你所有的荣耀

小伙子停下脚步快来摘一朵
摘一朵黄玫瑰给等你归来的姑娘

她为了你正在院子里徘徊
天空的小月亮是她对你的爱恋

快来摘一朵，啊，这深秋的光环
它就要在晚风中败落，在晚风中败落

轱辘

发黑的木头造成的圆盘，湿润的圆和绳索
发着冰冷的声音汲上水来
初春的阳光减淡清晨黑色的硬壳

一天有多短暂就有多残忍
到了傍晚路上就不见人的踪影，风带着
西北的土刀子贴着墙根巡逻

灯泡多么昏暗
在缝隙里冒着细烟的土炕上
那男人说起他的过去：
大片的芦苇荡里伏着好几只狼
他们必须排好队挥舞着燃烧的蒿子绳快速通过
如同飞动的厉鬼，把那些闪光的狼
每一天，都留给饥饿之夜

那个短暂的初春，男人正值壮年
在他短暂的记忆中，我是来自远方的年幼的客人
犹如他是死亡的客人，如今他偶然
在我的记忆里闪现，彷佛

还站在他的院子里咳嗽

在清晨摇动轱辘
汲水，上帝的水

黄昏

从干枯的梨树林里渗出来。
静静的，罩在宽阔的马路之上，记忆之上。
行人稀少，白日
在高大而呆板的楼房背后一点点退隐。
苍翠的塔松，远处简约的塔楼。
以及或因忆及往昔而伤感的垂垂老者。
渐重的薄暮与它无关。
那只是它一个不确定的梦。
无数次重现。

早春

阳光那样明媚舒缓
坍塌的墙垣浸透万岁的雨水

枣树发出新芽，青藤在轻风中摇荡
燕子飞过淡青的村舍

小路那么安静那么隐约
就像梦里的早春

一个人平实而自足的孤独
死亡最后的遗言

一条孤独的狗

你或许对黄昏并无觉察
你在梨树林里奔跑，时间的阴影
掩埋你每一点足迹，如同掩埋我的。

尚未腐化的叶子以更快的速度行进
阳光透过记忆落在冰冷的石头上
春的神使正迈出脚步，那死亡的召唤。

某一个（或许）同样的黄昏
或许梨花开遍这静穆的林子
你不再奔跑，我们再也无法将你带走。

那时，你属于另一个，你把头贴在地面
你眼里黄昏沉重，像那些梨花
像我，一首虚拟的哀悼之诗。

梦幻

那明媚的阳光，天有多蓝
阳光在你身上有多温暖

云气里的山头，满是石头的河流
隐秘的树木，和矮小朴素的房屋

你和我都多么喜欢，似乎
暮春里一些落花纷杂的记忆

可于我的人，那虚幻的明天
犹如这浮动的诗篇

日子或许终将庸常，我多想
明日的清晨不是死亡的梦幻

雨之歌

我在这温和的灯光下多哀伤，
图书馆里陈列的书籍那是隐秘的死亡。

古人的一生并非遗忘的狂欢，
他们一如我在悲伤中写下葬送的诗行。

此时雨水在外面腐朽草木和楼房，
那无言的启示那清新的色彩我多向往。

可纷纷的行人中有我心爱的姑娘，
回家的人如何不让泥沙溅污你的衣裳？

这普遍的雨水将要落满万物行人，
姑娘姑娘如何不让泥沙溅污你的衣裳？

残长城

好似阴影，你恢宏的意象落于时间之后
那些分明而苍老的断砖残垣

被废弃的烽火台，烟火暧昧的记忆
刀剑、旌旗、战马与笨重的云梯

将军们那些追逐太阳的人，那些激奋
人心的祖先，那些寒夜里的闪光

而这庞杂的整体，好比夜空巨大的星云
延宕于先人们身后的迷惑与向往

老乡们一如隐居的人将历史崇高的情绪
掩埋于山石杂乱的缝隙那精确的密穴

残破的烽火洞已是虫豸的居所，先人们
过于沉重的业绩以及徒劳的坟墓

均要散落于生活无所不在的陷阱，所有历史
屈从于生活的法则，坍塌的阴影

积雪浸润时光的枯木，恍惚的野山林里
与花朵同眠的历史之虎也与我们同眠

人类的老虎，沾满黑锈之暗影的铁栅栏
永不死的老虎，用闪电看守我们

天空那枚金黄的月亮，那遗忘的月亮
看着我们看着不是我们的残长城

永恒

扩散，扩散，噢
这深沉悲伤的夜晚。

竹林之上的星空，
昔日的道德被风吹散。

横过水面的柳堤，
远处轻柔哀伤的雨烟。

那至深的平和所在，
多么空明平静的水面。

噢，多么清平的，
虚无虚无历史的乐园！

死者
——致博尔赫斯

窗子的绳索，窗子的灯火
转动的门庭转动的图书馆。

盲眼的老者在无数幅图画里，他那无边的
空蒙的灰白。夜晚滑动的神秘之途。
纷杂的镜子，光的隐约，噢
梦的真理，无限的形式，黄昏的乐园。

你记忆中的街道，倾斜的雨，你花岗岩的法则。
不知模样的微笑，沉着的胆怯。
以及透亮的黑葡萄。

你在图画的永生中，书籍的暴动中，
无边的有限，丰富的空洞，你在你无限的猜测中。

噢，窗子的绳索，窗子的灯火
无限的链条，雨连着雨
夜晚连着迷宫的群落。

天坛

众神的在处，晨昏婉转若有若无
时光如飞鸟的眼睛，俘获这里的生者和死者
以及其上厚积的尘埃和死亡
风声厚重，好比千年来帝王的脚步
而今颓废的石路如在虚无间漂浮
此处的时间必然又长又短，有的人竭力记忆
有的人竭力遗忘。而于
那些嶙峋的古柏上，它和地上的矮草
经年的空核桃，废弃的瓦砾
每一丝清晨与黄昏同在
若有若无如渐次消失于松林
消失于历史的记忆

故乡的老井

那是偏僻的村落，在那里
有草垛，牛羊，石磨和被生活驯服的人们
有低矮的房屋，简陋的木电杆
碧黑的冬麦田和积雪，南下的
北风被挡在一堵土墙后面
墙根的枣树尚不能结出果实，那口老井
粗笨的树墩塞在井口，藏着往事
犹如它藏在我记忆之后，打水的人不是它的主人

我们在古旧的木船上

我们在古旧的木船上
向水中央去，风抚过柴房瓦舍

那么多茂密的芦苇丛
阳光洒下绿的波浪

杨树发出油绿的嫩叶
如你画里的那样舒展恬淡

树林间死者的坟茔
好比芦苇丛中野鸭的巢窝

那是安详的居所
或许正诞生稚嫩的生命

我们的桨端无意碰断
嫩白的芦芽，它的时光从此干涸

我们划动古旧的木船
向水中央去，那孤独的岛上

生满树木，我多想在那里
搭起帐房，五月里我们幸福生活

我们关心蔬菜和庄稼
有时也想念远方的朋友

豹子

你同样将把里尔克
一位石匠和我，置于记忆之外。
——题记

或是几百年前，大清国的君王
把金铸的箭镞射入你这张精致的皮毛
纯净的血肉以及你的光芒。
你是一只金黄的豹子，就像金黄的时间
晕染着不经意的圆形暗影。
河流一般在万籁温柔的时光，在天空
和树木里奔腾。

一只理念的豹子并不是梦幻，而是无所不在
好比密集的雨水，在非洲的草原
在印度的海岸，像布宜诺斯艾利斯的老虎
海浪不断袭来，云彩静止天边。
在树冠上，在我们梦幻。

象征一次转瞬而成永恒的黄昏
某一个黄昏，千万只豹子

金黄的豹子梦幻的豹子，循着时间暗影的圆形阶梯
向那个骄傲射手奔来，如清冽的泉水。
而宫殿、宝马以及华丽的盔甲
已经腐烂。我们并不构成一只豹子的敌人。
无人可以当的起它的复仇。

此时天空飞过伤感的天鹅
它在天上高贵如最明净的云朵。
大海在时间的岸边踱步。死亡从来不曾逼近。
金黄的箭镞留在它精妙的内心如珍珠。

啊猎手，
这梦幻的豹子是金黄的豹子，
清晨的玫瑰花，开满孤独的街角。

雨水

如金黄的刀剑劈开树木的火光
从南而北，从北而南，天上奔跑的仪仗
君王严厉而华美的命令

而这里，雨水将溢满荷塘
这虚无的镜子，横断人们来往的路途

玫瑰与咏叹

(2008)

庭院

不存在的庭院。
黄昏的庭院。

海棠轻飞。
流水相随。

夕阳留下影子。
庭院不留下记忆。

黄昏的庭院，
是不存在的庭院。

清晨与死亡

我爱好冬日清晨那简洁的阳光
劈开宁静与喧嚣的利剑……

可我无一日将它珍惜
连同我金黄的才华，我把它遗弃在生的无尽之贫乏。

伟大的理想一日日消散，
哲人以身为遗言，可我无力践行。

此事多么令我心伤！

温柔的夜

葡萄和花篮都放在床上。
月亮像一只安静的小鸟。

时间静静的滑出夜的边际。

她梦见火车和购物车，
幸福的生活和烂漫的春光。
啊，山里的茶树已开满了花。

亲爱的，你要寻求的都可以停下来
请同我飞翔，月亮正在
百合花与葡萄架上。

散歌

玫瑰宫。
鲜花的玫瑰宫。

白鸽深邃的起飞。
九月，十月之秋。

布宜诺斯艾利斯没有许诺。
死亡没有咏叹调。

啊，它的尽头是交错的街巷。
玫瑰宫，意念在时光之水里交错。

天空审慎的狭长。
探戈舞奢侈的风情。

青铜厚重的门环。
驶自荒野的大风。

噢，玫瑰宫，鲜花的玫瑰宫，
噢，玫瑰宫，咏叹的玫瑰宫！

太阳之歌

正午粗暴地表达它的意志。
于是，清晨的宁静、一切中正的气韵被它扰乱。

火在天上奔腾，奔腾。
火在天上燃烧，燃烧。
它不辨方向，却无所不包。

地上一切被置于疲倦。
地上一切被置于绝望。

所做的都毫无旨趣，要收割的已经收割。
所行的都漫无目的，该丧失的最终丧失。

从南方到北方，火在天上奔腾。
催促的死亡，迟滞的死亡，
催促的新生，迟滞的新生。

而这一切是假象，是我的虚诞。
人们不热爱太阳之火，他们等待秋的裁判。
而光明的大火已行，它严谨的哲学就要诞生。

我热爱天上的大火，
我惧怕天上的大火，
它将我的念想置于虚无。

它原谅无知的人。
太阳，太阳!

图书大厦

千万人聚集于此，
死者，生者，打破时空的秩序。

灯光下有人沉思，有人徘徊。
马拉美伤感的天鹅不再令人惊叫，
好比苏格拉底荒唐的审判，好比圣人困于陈蔡之间。

每个人心里都有一个说不出的秘密。
每个人都在这里寻找更漂亮的鞋子。
每个人在这里都想搭上去罗马的列车。

沉迷于思索的人陷入虚无。
那一个个光辉的名字是多么强烈的嘲讽。
他日夜操劳，自己的花园却无人照料。

黑夜好似鸦群令人窒息的绝望语言。
虚无的高处明月空悬。

天水

云彩在天空飘扬。

五彩斑斓的小狐狸止步不前，
噢，它在那河中央踟蹰张望，
银色的河水浸湿了它的尾巴。

月光好似清水的幕帐，
白露即将落下来。

看见的人是幸福的。
它将从你的梦中姗姗而来。

野草在地里生长，
　月光如水，它在水中央……

理想国

悲伤的秋季充满光明的理想
噢，这质朴的园子里有金子般的欣喜

朴实而高贵的神的石柱守卫着门廊
在这明朗的清晨，漫山的橄榄快要成熟

求知的人把马车停在园子外
远方就是大海和金黄的山林

时间的审判将在这园中停歇
大海的无限和严正在此变得温柔

智者身着青青的长袍，好似君王
他谈论梦幻之乡，被众人紧紧追随

死亡的梦中狂欢

只是那浮光掠影的一瞬
只是一瞬存在却无限深远的梦魇
那孤独的荒凉之地，那奢华的诱惑之轿车。

那毫无畏惧而坦然明净的境地
如同我久久渴望的域外。
我奢华的死亡之车以狂欢的步伐
以梦幻的节奏，移向我近前。

它棱角分明的宝盖，雕花的帷壁
纯净耿直的梨木驾辕，不规则的轱辘。
就像尊贵的公主，披着火一样耀眼的披风
宝盖前方挂着崎岖的鹿角……

它在那里招摇，踩着神秘悠远的舞步
它摇摆着像人间最张扬的舞者
这安静自足的境地，它便是它的队伍
它旁若无人，尽情于这死亡的梦中狂欢。

而我，好似卑微的偷窥者，我欲摒弃呼吸

我不存在，我被这绮丽的色彩惊讶
我的肉身在另一个地方。

噢，那鹿角飘扬的旗帜
那耀眼的披风以及精致的雕花……

可那只是浮光掠影的一瞬，只是
一瞬存在却无限深远的梦魇，奢华的梦幻之车
是一个我对另一个我的厌弃与神往。

鱼

你意念中涌动的丝绸
你弃置一旁的镜子
你心中庞杂的秘密

桥和石头都给你微颤的映像，那静之动
天空和树木也留下万变的心思
还有我的怀疑
你深远的镜子，你肮脏的假象
你的阴影你的沉溺你的水藻
你鱼的秘密，变幻的梦

噢，阳光，秋的王国
消隐万物的皇冠，鱼的剑器
海的使者，伟大的统一
古老的真理

我们手持各自的祭品
列队等你降临

玉兰

烂漫的玉兰
好似舞蹈，好似叹息。

它有高贵的思想，
它有温柔的节奏，
它有宁静的芳香。

噢，翩然舞蹈的玉兰
悠悠静放的玉兰，
它放弃天空便开在天空
它放弃春日便拥有泥土。

时光的灾祸与福音一再重复，
却总无人弄清它的原委。

谁有最高的花朵，谁便需要静默
像夜晚，像燃烧。

仰望的人最清醒
他知道并非追寻，而是保有

并非生活，而是理想。

夜晚的玉兰，
清晨的玉兰，
我愿你是爱人的小裙裾。

唯有玉兰最有夜晚的经脉
和近似于无的结构，
唯有深沉的欢欣好似叹息
唯有宁静的等候好似舞蹈。

云层隐匿着群星

(2009)

○
●
●
○
○
●

哀歌

无望的秋日送来更猛烈的死亡之冬。
太阳像被阉割了光明的俘虏。
腥臭的血正是最不值一提的旗帜满天飘扬。

乌鸦占据了村庄，它们高唱讽刺之歌。
豺狼与毒蛇在森林横冲直撞。

正是这样，人们辛勤操劳的一切都显得徒劳。
有谁想到伟大的死亡之正义？
在这虚伪的奢华里，唯有它
将使所有虚无的尽显原形，使一切平等。

箭扣长城

你的云雾之巅，是如此精妙的遗忘。
我们从微雨中来，等待它开放。

野桃树下新生的蜥蜴好像昨夜的月亮
一切都是新生。好像小蜥蜴一个短暂的梦。

所有的现实只是云和雾的舞蹈。
墙砖记忆中的历史像一个怯懦的小丑。

远方在云雾之巅复生并歌唱
好像山林呼唤天上的鹰。

是啊，多像无意中消亡的每一日
它的每一个都必然被我们在遗忘中牢记。

它存在：帝王最意外的尴尬
瞻仰者即便不经意的误解与赞美。

一个黄昏

一切怀疑都向这里聚集。
黄昏在窗外消亡。

玫瑰与星辰的感应并不存在。

多么无情，就像冰崖上的寒冷
像最严酷的隐喻。

荒芜的天空和海洋只是轻薄的纪念。
君王在这里死亡，
他多么孤独，被蝴蝶纷飞的河流
　　审判。

死亡好像河流的网。
好像蝴蝶的网。

他环顾四周看着民众，语言纷杂。
唯有他被高高的审判。

二月

二月这贫贱暧昧的约会
真是恼人！我久违的朋友，你可知道：

因为它，陈年的酒浆变坏
因为它，一年的收成都显得羞涩
因为它，手艺人的房屋倒塌

地主说二月意味着新生
所以他们忙着拆旧补新
可怜野狗们成群的在角落里交媾

因为它，
我们的妈妈卧病不起
乡亲们大多已背井离乡
留下来的请木匠为病危的父母打制棺材

久违的朋友，二月的小房子
二月的迷茫和失落都已早早到来
还有二月它顽固的失眠

二月空洞的博大让失眠者
想到很多事物的死亡
是的，终究有一些被关在二月的门外

二月的约会那么不彻底
久违的朋友，它不是一拖再拖么
根本不像冬日那闪电的疾驰

但又怎样呢？婴孩学会走路
园丁找到最早的花朵

唉，久违的朋友，要放弃的就放弃
不放弃的请再耐心等一等
二月残忍又暧昧的约会

请再等一等

诀别
——兼及 1889 年的图灵

在天空舞蹈的人被抛弃
这多难的冬天

野狗在皇城里寻找春天
遗弃的荒凉天空

老马成群被屠夫虐杀
这野蛮的世界

啊，这死亡之河
繁星已不再生长

花椒树

在这恍惚的时刻，
我要离开我自己，跟随这引导者。

芳香刺鼻的气息，猩红的果穗，
还有迷离而清新的记忆，
徘徊的大黄蜂。

就是这样，在山岭上，在梨树旁
麦田里长满了蓬蒿，
还有辛劳的母亲和布谷鸟。

这恍惚的时刻仿佛是一千次。
站在花椒树下的是另一个人。

他并不看重它。
他也不执著于自己的记忆。

猩红的花椒树，
以假想的平衡，
使他存在又怀疑。

壁虎

庄严的司仪与我们过于熟悉，
一夜间便把秋的羊群牧遍大地。

是的，正同于此，
那小壁虎，悄然光临我的窗户。

它在铁丝的网窗上静静移动，
如一个不急于回家的出游者，
如一个窥视的探子，
如一个被关在门外的弃儿。

或者，它是秋年幼的使者
它没有任何念想，没有任何因由。
我们过分沉溺于因由。

于是，我不经意间，
它离开了。我不知它去了哪里。

好像一个梦，丢了它的做梦者。

红裤子兄弟

小兄弟，你的红裤子多么容易
使我想起马血红的眼睛

图灵的悲悯不够博大
如同一条银白的鱼死亡
使所有的冬天苍白以至于空洞

马的主人已经丧失，因为他
伟大的思想不知去向，中国孩子的父亲
已经丧失，因为他生的河流已经败坏

世界的父亲已经丧失，因为
他不曾提醒盲目的思想和步伐
坚持的被关在门外
流浪的已经下落不明

请原谅，红裤子兄弟，我隐约其辞
是因为我无所适从
这人类壮观的运动是多么悲哀
建造光明的灯塔却要将它亲手毁灭

红裤子兄弟，你不知道
（或许，你比所有的思考者深谙此理
因为你的头直抵大地）
世界只属于一个王，但他冷漠
世界并不存在，但他饥饿
世界享有物质的繁华，但他已经死亡

谁都不要回避概念的空洞
因为一切都在他那里停滞不前
谁都不要看不见精神之光
因为此刻，他疲乏，他死亡，他
所感到的一切
都不外乎生屈于死的侮辱

红裤子兄弟，他在飞翔，他
所感到的一切
都不外乎虚妄的奢侈

意义的建构是多么荒诞
然而谁不在这黑白森严的棋局里？
谁不在这虚浮美好的连环里？

死亡的壁垒令人望而生畏
死亡的鸿沟那样宽阔

死者已经安息，而留下的
却依旧无法逃脱那苟且的轨道
虚无主义，古老的道德主义
以及伦理的规范，都在大片塌陷

世界之王的圈套不断延展
而古来的园丁已经被囚禁
继而被曲解，被背叛，被利用

虚伪的建设者，贪婪的牧羊人
有谁面对天空，有谁关心草原是否荒芜？

红裤子兄弟，都不存在
这所有的，都像一个沉重的叹息
但他不存在，
只有你，才在这繁华的京都

天空哀号的乌鸦被你抛弃
它叫喊声中的思想者也被你抛弃
你红裤子的饥饿

而这时，阴谋家还在制造美好的舆论
社会批评家挥舞虚假的旗子
只有悲观主义者，在此久久凝视

红裤子兄弟，请原谅我的迟疑

因为不存在的太多
存在的就要受到阻隔

或许，在你那里并不是这样
但这不重要，因为只有你存在

红裤子兄弟，你们脏污的红布包
简陋的乞讨盘，
以及小铜钹，铁丝，钢筋
以及你们汗污的脸
惊奇却吝啬的看客
还有繁华的京都

请再来一个，空中翻腾，倒立
脖子卷钢筋，你能想到的
都请再来一个，最好再苦涩的笑一笑

红裤子兄弟，世界这样漫长
他不存在，但你的红裤子
多么容易让我想起马血红的眼睛
永不死的红眼睛

孤独

谁告诉我它不存在

那灰蒙蒙的天际和树巅
它弥漫一个人所有的时间

鸟群的风暴
用力击打虚妄的天空

是谁又说，永别吧
寒冷的旅途终将过去

致爱人

生活琐碎的惯性使我们不甘沉沦的年月
而爱已深入。

我们朝向命运的原野
爱使我们深知孤独。

那些蝴蝶盘旋的天空
所有的花朵终将开放。

我深知伤感
当一个人走了，
留下的世界多么孤独。

小院

秋天，风，还有阳光
会把它变得更真实，就像忧郁
在我心中汩汩流淌。

青灰的小楼房就像它屋脊上
那洁白的石鸽永恒的睡眠
（或者，它是一个人的睡眠——
它可以通过它幽魅的通道，
唤醒一个死亡，让它流淌在许多人的心里）

是啊，它的涵义多么复杂
好似它上空飘过一些白云，
让大树旁绅士一般的喜鹊无所适从。

好比寂静而喧闹的意念之坟墓。
又好比冷峻的老者。

还有高傲的老杨树和安闲的椿树
它们让舒展的强大的灵魂，
在小楼那青灰的墙面上奔腾，变幻

一会儿像新生的猴猿
一会儿像风的烈马
一会儿又像蝴蝶粼粼的水波

（其实，有一刻我相信它是，
本原幽晦不明，但何必将所表现的说成表象？）

这让人不安的影子，
如同清晨在我窗前徘徊的大鸟
是树和墙的影子
是风和秋天的影子
是太阳流逝的影子
……

一座想象中的边疆小镇

今夜，西北风将把它干干净净的打扫
寥落的灯火今冬再也不会亮起

那是可以听见蒙古人弹奏马头琴的地方
那是可以望见科尔沁和天山的地方

高楼和别墅已经建成
花园将在春天开出鲜红的玫瑰

父亲们就要回家去了，背着
他们害羞的铺盖和咳嗽

它

它高耸着从街上温柔的飘过
好像隐秘的月亮
一枝野玫瑰

但它并没有远去
就好像它的冬天，它的理发店
旧书摊，贫穷的中学生
以及他害羞的想象

它有时候悄悄出来，向我招手
叫我回去

碟子里的鱼

这昏暗的老房子里
带釉彩的碟子、竹筷以及拿刀的人
像在古人留下的一幅淡彩画上

它静静的躺在碟子里
整个身子不安的贴着彩釉的莲花
眼睛望着天花板

为了这场仪式更合我的口味
我打开装盐的罐子，小心的捏一撮
细心的涂抹在它身上

然后，我又捏一撮，一手拨开它被剖成两半的身体
一手把盐均匀的撒进去，啊这狡猾的鱼
它活了！像水中的波纹，阵阵痉挛

一秒钟，两秒钟，好像死者无尽的噩梦
水波的痉挛不停下来
昏暗的屋子多安静，好像碟子会忏悔

但我知道，它的灵魂
像一团辛辣的青烟，正在天花板上
盯着我看，看我如何吃它的肉

冬日赞美诗
——祭奠那些在冬日被收割的灵魂

冬日吝惜它无常的大火，
于是，天降大雪，天降大雪。

而地上的流浪者还有他的狗，紧裹着
一张破烂的床单在大街上奔跑，
在黑夜里奔跑，在大雪中奔跑，
在病痛和虚弱的往日欢乐里奔跑。

疾速追逐的强盗，你摸摸胸口，
看这追逐多么无情，而那逃亡又是多么无助！

他已完全是你的俘虏，
他不为自己，而只为你奔忙，
只为你忍受这人世的耻辱。

关于他的都已不存在。嘴是多余的，
头脑形同于无，皮肤是丑恶的敌人，
肮脏的头发是被遗忘的枯草，
而骨头已是雪与火的猎物！

他是谁？他缘何在这世上奔走？

然而，没有什么能比得上这追逐的刀子。
没有什么能强大于上帝的喜怒无常。
也没有什么能堂皇于人世虚诞的奢望。

就在黑夜里，一切以他无法觉察的鬼魂降临。
那时，在无数个世界响起了安宁的赞美。

上帝不再让他忍受无辜的耻辱，
他收割他无意间布下的绝妙的讽刺，
就像他布下安宁的赞美。

过路的人啊，你看，
就在天桥下面，他不知去往何方？
只留下不属于他的破床单，空荡荡的破碗，
以及唯一属于他的脏瘦的老狗，
头贴在地上等他回来。

雪后

正在经历的使所向往的覆灭。
一个人能有的总是有限。

好似纷纷扬扬的大雪覆盖大地。
凋零那满地的落叶。

城市里的人都躲起来。
山林里的狼虫虎豹都躲起来。

然而谁也逃避不了。
这令人怅茫的雪。

在雪空洞的寂静里。
有我们轻薄的足迹。

生活的
老马垂眉顺目

(2010)

山行

1.

秋日午后的矮山已斑斓多彩，

似乎内涵深刻，悲观与豁达共在的行者于此歇脚。

它的所有，如一曲田园牧歌，一点点铺洒。

铺洒。在人心中召唤。

2.

南国的草木尚且茂盛。

蒿草。红红的如同舞蹈的胭脂花。

花生，豆子，红薯，高大的魔芋。

田间的一切正安于这徐徐降落的清凉的黄昏。

还有碧绿的茶树。

零碎的乳白色小花就像贪恋山野的小鸟，

——巨大的花期已经远去。

3.

松林斑驳，只洒下一点夕光在杂草丛生的小路上。

而桂花飘香。

悠悠的，好似袅袅不绝的遗世之音。

红的丹桂，白的银桂。

高高的狗尾草正招摇它金色的羽翼。

4.

小小的红枫爬满山坡，在这南国的早秋。
它多彩的才华还不及渲染。
一些枯败的叶子过早的显出了贫瘠的淡红。
（这世间，哪里都有急于上路的人吧?）
最高处那一棵，有几片火红的叶子，精致而热烈。
随微风轻轻晃动，就像舞蹈的火。
比火更灵动，比火更沉静。

5.

这个时候，竹林完全安静。
微风轻轻吹过，却不留一点痕迹。
像蚂蚁爬过它的脚下。
像一片翠绿的秋之睡梦。

6.

柿子熟了，秋的大门已早早为它们打开。
有一些落在地上摔得粉碎。
内心的甜蜜，在地上，就像一朵模糊的花。
最高的枝头上，有一个最红的。
它透着光，圆圆的，如同那个清晰香甜的记忆。
是鸟雀的，是松鼠的，是蚂蚁的。
是我的。

7.

低处是一片鱼塘。

湖水徐徐的掀动一番又一番细碎的水浪。

湖浜是沉甸甸开始发黄的水稻以及一人高的玉米。

另一边是主人种植的菜蔬。

以及简陋的尚未修完的小屋。

这一切静静的立于湖岸。

回味这日复一日悄然降落的黄昏。

又像是在体味这香气悠悠的山间鸟鸣。

这孤独，多么让人向往。

8.

远处的玉米田，有的已经收割，有的尚未成熟。

一些农人在田中静静劳作。

摩托和三轮车停在对面的半坡上。

后面是松林和茶山。坡上隐约着几处坟地。

再后面，又是些人家。

9.

山岭背后是成片被夕阳洒满金光的稻田。

黄中透着新绿。绿中渗着金黄。

隐隐上升的，或许是农人的炊烟。

而更远方，又是延绵的青濛濛的山岭。

一夜

绚烂涌动的大潮始从夜空降落
流动在城市的每一个角落
树巅，屋檐，空荡荡的野鸟的巢窝

荒野的森林中万木萧萧
缤纷的秋意动情的抚摸每一只梦中的野兽
啊，春！啊！生命的繁秋！
夜色在流浪缱绻的庙宇中香云一般冲动的音乐中
越压越辽阔越压越欢快
啊，只有在此，每一块被废弃的砖头都歌唱
啊，疼痛而狂欢的生殖之神！

有一刻，如同落入深蓝色涟漪的月光之泉
淡淡的飘摇，如同黎明的第一颗露珠从兰花缓缓滴落
而蝴蝶飞上了山巅枯萎的玫瑰花
夜的精华此刻充满，蝴蝶飞上了云端
在风的舟上晃晃飘荡

海水一次次拍打灼热的岩石
就像在拍打它恍惚不清的记忆

铁锈在夜间发出光芒
呀呀呀呀——那流溢的铿锵之音乐直上云端
而所向的，所依的，皆是盲目
多像寒冬的疾风，它袭击所有它遇到的

而孤远的静寂的山巅小屋
好像一个哑巴，在流云中重重的俯瞰这一切
啊，啊，看啊，那翻飞的白鸟的灵魂
噢，噢，噢，每一声无由的呐喊都像来自深海之妖
月华照耀海上的向日葵如同照耀流浪的野狗
生殖盛大的仪式在浪尖上举行

而后是风，荒原上吹来金属一般光泽闪亮的风
而后是燃烧，那一片火光蔓延
好像狂欢的暴徒，跳跃在花朵上，跳跃在废墟上
哗哗啵啵，哗哗啵啵，吱吱——
最后一只家鼠要在黎明前咬破木门和窗棂
最后一只豹子要在最后的黄昏捕猎觊觎已久的花鹿
吱吱，吱吱，巨大的暴动的
阴影从太阳的光中如大河四散漫漶

大鲸亢奋的鼻息已经击打出了最高的水柱
赶路的人已在其上建起黄金的大厦
风的强盗在身后急躁的催促
而忘记时间的人已经在其上建立了渺小的沙之乐园
暴雨已在大海上完成最后的集合

所有的人都出动了，狼群在远方集体对月长鸣
哦，哦，吼吼，啊，噢——

树木的风暴渐次隐去，只留下荒原空虚的客人
被禁锢的牵牛花也已爆破
花蛇已跳完最妖娆的火焰之舞
夜晚之神，这虚惊之劫的导演点燃鬼火疲惫的香烟
肮脏的终场的过道上，他们神秘的议论
黑熊，狼和豹子，金黄的虎，都已悄然四散

这庞大的逃离，在海上，在废弃的村落
翅膀上，眼睛里，嘴唇上，零落的秋叶和耳朵上
秋的落叶在死寂的寒冬上

而海潮暗自涌动，日复一日
拍打月光之岩，拍打赶路的人，大船
和他们秘密的死亡

火之歌

火，这六月之火。
——题记

同于强烈的生命。同于预谋。
同于不怀好意的偷窥者。
同于久违的记忆中那模糊的角落。

同于虚无。同于无情的蒸发与新生。
同于恶毒的诅咒和炙烤。同于虔敬的祈祷。
同于无主的念想。同于大水击打岩层。

同于死亡。它终要把平静而甜美
永恒的果子撒遍人间。
让死亡的彻底沉寂，让孤独的万古流浪。
它也同于重复，它是时间最忠实的复制者。

是啊，人们，请聆听这来自黄昏，
矛盾的残酷的真挚的痛苦的呼喊。
但它是山巅阻止太阳西沉的鹰隼，
它是荒凉漫漫的夜空唯一可以汲取的清露。

是啊，老乡们，都停下来吧
收割的让镰刀照耀麦子金黄的死亡之光，
建造的让泥土自在的舒展庇护的经脉，
生产的让最惊慌的叫唤重新经历第一缕痛苦之光，

因为，此刻是它最辉煌的杀戮的仪式：
它奔腾于大地上遥远的南北之端，
它燃烧河流，榨干草木森林，
它骄傲的舞蹈，它无比的饥饿……

此刻饱满的麦子并不等同于丰收，
此刻拨高的钢筋与泥土本身就无法安宁，
此刻新生的注定要在芜杂的丛林里终生流浪，
此刻的衣食住行儿女婚姻，根本不值一提！

父亲们，这六月之火
同于大地上的疯癫者，同于暴君，
它金黄的虚荣只等同于荒野里的生死歧路，
它光明的镜子只照亮我们不断增多的死亡与贫困，

而，你期希于它的
它给了遗忘。

黄昏

业已逝去的似乎从来都如此沉默。

酷黑的葡萄藤，香甜的杏子，
清凉的院子，甜瓜和麦子，以及瘦弱的萤火虫

如同人不及预料的悲伤
在黄昏死亡的火山口喷薄而出，
照亮尚未到来的寂静之夜！

而就像短暂的欢乐
这些逝者时而于我显得厌恶
萦绕于我周围，却不与我相拥如同久违

是的，黄昏的步子沉重
我深知它们火山的激烈日益消散
而留下的怅茫与寂静愈深

或许是温顺的死亡眷顾的迅疾之魅影
我时常牵挂于心，如有所失

被废弃的海贝

像被废弃的仪式
华美，残败，徘徊于孤独的湖岸

风携着冷冷水浪时时袭来
于这无人之境，就好似死者机械的相拥
令人眩晕——这深沉的哲学

而它，就像空中流鸟
像山林的牧者与不存在的山林
让统一的分别，然后相守
（它只在湖岸留下破败的残躯）

不值一提的造访者
终将离开，如同它留下的壳
终将随风而逝

正午相守孤独
如山林上的天空

蜡梅
——遥寄诸友

并不繁盛，就在路边孤独的开放
并不高大，就在杂树之间默默的等待
也并不见得清香，只是点点粉红显得突兀而啬惜

造物啬惜它与每一个的才华
谁也逃不脱等待他的毫无悬念的沉沦与死亡
——这便是蜡梅，孤独的执着者

如今，我不再赞美它的孤调高标
如今，我无法静听美妙的安宁之晨

然而，我深知这沉沦无时无刻不在迫近与攫取
攫取我的时光与骄傲
但当玫瑰红的朝阳如期照临
远方的朋友，还请你们赞美它，如同赞美新生

孤夜

或许绝寂之极是平和的希望
它只静待永不知所求的厌倦者
它待他如上宾，亦如囚徒

它给他人所不知的，也必给他人所不爱的
它使他不知所从，却终存一念
如同流落的幼兽

奔突
奔突
一再奔突

雨夜的流浪者

那沙哑的，飘忽的，无主的歌唱
突兀的飘荡在村落的每个窗前
以及黎明繁复的梦

像是冒昧的孩子闯进姑娘的婚房
像是离群之兽来到闹市

然而，他并非远方来的拾荒者
他熟悉他所流浪的一草一木
他在自己的门外流浪

如同泥淖的梦中奔突的困兽
它猜测自己的命运
它借我们的言语猜测我们的命运

一

1.
它漫漶于一切空间和时间。
我必然与它相遇。

2.
落花流水，斜阳枯草。
在与不在之间
有什么不存在?

3.
江流天地外，
山色有无中。

4.
野火会在夜空中飞腾，
那时，小狐狸
逃出紫色的葡萄园。

5.
橡果以死亡的音乐迷醉整个秘密的夜晚。

显于所知的过于苍白。

6.
天空在杨树的苏醒中留下飘忽的哀伤。
向往的自由之舞蹈。

7.
一个就是千万个。
千万个迷失在野草莓的藤蔓上。

是丢失的火。

8.
一闪念的都存在。
一粒光叫不醒沉睡的夜晚。

9.
马和鹿，流浪的狗
桂花树，竹子和喜鹊

这时刻属于谁。

10.
清晨留下的血迹。
牲口的污秽。清新的足音。

11.

一切形成我。

一切和我形成它。

它背叛每个人。它忠诚每个人。

雪椿

多年后，我也许会以同样的怀疑与赞美，
安享这平静却矛盾的一天。
——题记

如同沉睡的鹿，如同它斑斓的飞扬之梦
它静静的经受一切。

春雪从天空聚集而来，
有的落在它身上，有的从它身旁经过。

有时，
一些绅士的喜鹊从它上空飞过，
（偶尔，它们中的一只会与三两片雪花
一同落在我的窗台上。
但迅即如意念的一闪不及我捕捉。）

茂盛的雪绒花越飘越繁多，
好似十年前珠帘断落，
它的融水敲打墙角清脆的宁静。

而于椿树，于它守持的灰白色天空
这些浮华的修辞又在哪里？

只有它，鹿角的枯椿
以及沉默。

磨刀匠

有时候是大清早，有时候是正午，有时候是黄昏
有时候在大街上，有时候在花园旁，有时候在小区中
一串串铁片的敲击声，一阵阵扯长的吆喝声

然而，前来询问的人已逝
他怅茫的站着。四处张望

像迷茫的孤兽再次闯进
已经没有树木的。曾经的森林

疲倦的夜

就如同千万个，它也将被轻易忽略。
荒凉的铺散着

清冷的行人匆匆的街道，以及被风折断的槐树的枯枝
查看垃圾箱的拾荒者和浪荡的妓女。

生活将会好起来，
可绝望突然来临，这不速之客

树梢上朦胧的月亮一日日皆如既往
而每一次在这野兽般怒号的大街

太多的事情
都使这空洞更加空洞

精神

1.
已经没有什么沦落在这个塌陷的空洞里。

在这死寂的疯狂的成长与死亡的季节，
所及的都显得麻木而黯淡，
它们只是尾声。

而大群绚丽的鸟儿已经飞走，
飞往最北的北方孤寒而荒凉的大漠之树。
只有它们拥有自由，
它们以无知与死亡拥抱广阔的自由。

这是生命的代价吗？
但，留在这里的只是尾声，
那些喧闹中泛滥的无力。

远去的，滚滚的雷声以及声势浩大的北海之鲸
会同来迎接，
它们闪电的卫兵！
啊，啊，你可知道，它们闪电的卫兵！

那是燃烧的天空，
那是飞翔的大海，

那是赠与理想的赴死者最宝贵的利剑！

2.
风雨带着夜晚终于安歇下来
那充盈于心的，所有滞涩不畅的，
都将被闪电之雨融化

一个人活着，就要创造要想象
要把灵感到的统统供出来，
使这个世界充盈，而使他自己空虚
使他的痛苦真正成为痛苦
使他的梦成为海之盐

而所寻觅的，庭院、树巅、湖畔、山坡上
却都空空如也……

那么，
是谁在召唤?
是谁在日思夜想?

3.
就像巨大的雨幕，

就像普遍的荒凉的记忆，
就像藏在黑夜中那无数争斗的梦，

争分夺秒的奔跑，
以最大的能力湮灭所有金黄的六月的向日葵，
以最快的速度俘获夜晚的远行者
以最宽阔的河流阻隔那些不能相见者

然而这般虚无的呐喊
也将被它们阻隔，使活着的人听不见
使逗留的人继续不能上路

算了吧，算了吧
这些令人绝望的诗歌，绝望的火！

4.
但没有什么可以抵挡这万变的空洞。
也没有什么可以持续它暴虐的愤怒与杀戮。

唯有你手植的绿树为你洒下阴凉。
唯有你燃烧的太阳为你带来每一个清晨。

空寂的六月，
我应该在荒草地上为我开辟葡萄园。
应该在葡萄园中为我留下毫不修饰的小径。

为我作为丈夫，
为我作为儿子，
也为我作为罪恶的父亲。

（可是，
痛苦的母亲，罪恶的父亲
在这荒凉的路途上，我们
以庸常的游戏挥霍生命的秘密！）

5.
"有时，我也想念远方的朋友"

精神之光虽不常照，
而生活的乌云也不常在，
（尽管，尽管那黑铁般的虚无时时袭来。）

或许，
应该像溪流或其他什么吧，比如镰刀
在七月收获麦子
让鸦群裸露在山野上
让它们惊恐于收割的彻底
让它们与黄昏的死神更接近

6.
所有的隐喻都过于华丽，
而所有的言语都是一种修饰。

言语的河床会让精神之浪安宁下来。
这样的神奇如同春光灿烂的安眠自如的来到你身边。

这时候，我又相信
它在树巅上，它在匆匆飞逝的马车上，
它在水滴的清凉上
它在我身后

7.
你好，朋友
让我们握手，让我们
疲惫的拥抱！

精神（二）

或许这从来就是一个不复的沉沦之渊。
安宁的黎明微不可及。
而英年的理想之美已踪迹难寻。

黑夜燥热的蝉鸣使绝望之夜辗转难息。
翻滚的浑浊的俗梦阻断夜晚假寐的死亡。

而每当长风之翼抚动高树之琴，
（于无眠者，有时它是河流之琴，有时是闪电之剑）
我仰卧如同被它遗忘。
而俯瞰者，它心里却涌动波澜的伤感之河，
正同于秋风扫大地。

此刻，每一个都如同过往的流浪之灵
终日飘荡在时日的不归之途。
（这一条路，何日是归程?）

金银花的香味转瞬即逝。
隆重的儿女婚姻无异于加速的死亡。
少年美好的想象如今已不值一提。

那么，还留下什么？
我在静夜中自问。

生之所求的于此刻并不显得振振有词。
昔日的欢饮与纯真之会如在昨日。
田园之草木已陌生如所有的草木。

可能正是它吧，
从我离去，如今又时时回来，
回来看它留下的尚未凋零的命运之花，
这生之表象。

黎明的失落

黎明把期待者置于梦与白光
冲动的交锋置于梦与诗的冲动的交锋
那些如水一般流淌如火一般飞腾的诗句令人难忘

而梦之人不知身是客，所以他贪婪的收获

可每一个都终将留在它应在之处
不管是贫瘠还是丰富，如今，它都不再随你回来

梦之人，黎明留与你的
只是黎明的失落

向日葵

像倾斜的光之罗盘，像沸腾的黄金之海
它们无限的飞翔，无限的流淌
它们以最迅疾的引力
融化迎面而来的孤独者
如火舌迎接落雪

啊，向日葵
灿烂的沸腾的黄金之向日葵！

弥散于它之上的是至高的戒律
像鸷鹰强大的意念之军
迅疾的占领死者荒芜的高地

让他如有所失
让他如鲠在喉

秋

1.

秋麻木的殿堂。秋过于奢华的渲染。

秋夕阳的冠冕。

秋失去的风筝。秋漂浮的大地。

秋的丰收与死亡。

得到的不多不少。该失去的还要继续。

看啊，秋的河流与闪电。

秋的琴弦更凌厉。

听啊，梦中的人，听

你可知道，秋的演奏始于何时？

秋的马更加骨峻如风。

而蹄下的云更加迅疾如无。

2.

树木不息的舞蹈正追随太阳的方向疾速旋转。

就如同一场眩晕的大病。

秋的卫兵。彻夜不眠的妆扮。

秋的饥饿在陌生的房间中消耗。

秋的沙漠大片飞翔。

秋执着的深度。

秋的庄稼考量每一件工具。

3.

秋的桃子和粮仓。还有老鼠。

秋的蜜罐。

秋的音乐家不甘沉默。

秋的拾荒者。

秋的迷途之花在清晨开放。

秋的浩大的睡眠。

啊，秋的海洋偷渡羊群。

它的羊群是任意的羊群。

4.

秋的思念与赊欠的婚礼。

秋石榴。

秋的调色板。秋热烈的诀别。

秋的鹰审视怀疑的人。

秋的利剑已经如此圆满。

秋的贝壳已经碎为齑粉。

秋的屋子空空如也。

秋的琴声来自深海的美人鱼。

远航者已心醉神迷。

5.

啊，在这万里空无的长天。

在这永无收获的荒凉的大海。

在这转瞬即逝的空洞的深渊。

秋之一切。

它们赞美新的生活。

它们跳起本能的舞蹈。

它们赞美新的生活。

而秋的马匹只能拍打出残败的玫瑰之涟漪。

6.

但越在赞美的诗歌中。

秋华美的铜镜越容易模糊无光。

秋日的意义已不及描绘。

就像蚂蚁的暴雨之舞。

就像秋的大街上人来人往。

秋的纲纪本来虚无。

秋的本原本来虚无。

秋的词语华美。

无力。秋的追求。

要在箭的飞驰中破碎。

秋的箭永无着落。

7.

清晨上路。夜晚到达。

秋的万物莫不如是。

啊，秋之人。

疯子挥动镰刀和油画笔。

傻子在夜晚的大街上悠悠哭泣。

老者在风中流浪。

然而，灵魂哪？

秋之人，它们的灵魂都在街巷上飘荡。

它们就是风。

流浪的风。

它们挥动旗帜。挥动拳头。挥动树。

自己无法捕捉的灵魂。

8.

秋的陶器发出冷静的光。

秋的月亮。马匹的风帆。

秋健忘的梦在黎明之前都一一破碎。

只有两个孤独者。

各自看见秋的一面：

一个是夜晚狂欢的向日葵。

一个是黄昏被阉割的公马。

9.

秋的窗户吞吐邪恶的火。

秋的失意者漫山遍野。

秋的苍蝇。

秋天失去的越走越远。

而典雅的碎花兽如同强盗藏满了稀薄的草原。

它们劫掠每一个路过的灵魂。

10.

烂醉的乌鸦仍在无人的时刻歌唱。

而礼赞者目光呆滞。

所有可能的道路汇于一处，就像沙漠消失于沙漠。

11.

夜晚的坟墓传来野猫和女人淫荡的叫声。

而秋的子弹飞快。

它追逐每一点黑夜，就如同追逐大鸟。

鲜血覆盖河流。

啊，听啊，它得意的叫嚣：

观看的都必将被诱惑。

倾听的都必将被导向虚无。

而希翼的，什么都得不到。

12.

祖母的青花瓷都粉碎在坍塌的窑洞。

而谁，才真正发出命令？

耳目之所得无一可靠，虚无的怀疑

已经生出强大的翅膀。

而谁，才能匍匐于地？

而谁，才能种下永恒之花？

又有谁，才能使时光回归本来？

秋的秘密啊，你在何处散发光芒？

秋的果实，你于第几层才真正实在？

13.

在贫瘠的山岭上。

秋刚刚收罗了小麦。

空留它死亡的根须和土地。

以及迟到的客人。

以及鸦群。以及锋利的镰刀。

黄昏的大火用它的尸骨献祭。

这献祭必使天空与大地一同肥沃，富足。

天空降下神的蜜。

大地长出坚实的麦子。

14.

而离家者仍然奔波在虚无之所。

没有一处来休憩。

没有一处来思念，生育。

这大地已经被毁坏。这大地已经空留尸体。

秋的羞愧。

秋的蚂蚁面临又一次死亡。

秋的地主在街巷上骄傲的咒骂。

疯狂的奔跑。叫嚣。

秋的侠客无法上路。它的行期一再推迟。

秋的疲惫。

秋的昨日永无休止的重复。

15.

秋的强盗已经布满山头。

它们的灵魂出窍。啊，怪兽的晚餐何其丰盛！

秋的头颅滚满垃圾场。

秋过期的食物和祝福正在吞噬这个所在。

秋的逃犯仍然日夜无眠。

游荡的狗群成千上万。

"贵妇人"已经穿上了性感的马甲。

而另一些，下午的口粮还没有着落。

秋的病猫依旧低迷。

秋的怜悯依旧如同愚蠢的炫耀的施舍。

秋的虚伪和浅薄在每一处棱角上闪烁它苍白的光芒。

16.

秋疯狂的蚊子还在做最后的偷盗。

秋的公义已被毁坏。

秋的仰望者，秋的信徒，整日游荡，不知其所。

秋的偏头痛在苍蝇的包围中与日俱增。

17.

然而，秋的清晨。

秋的晨祷却依然如同清晨的向日葵。

另一种秋依然高昂而充沛。

秋的鞭子强大。

那金黄的一泻万里。

清冽的长风扇动透明的翅膀。

18.

秋的矛盾之歌。

秋不得其所的思虑。

秋的私密混乱不堪。

秋的实在杂于荒草之间。

于此之秋，更无谓所得所失。

啊，秋！

鸦群在田垄上追逐

(2011)

○
●
●
○
○
●

西行散记

1.

山峦把光让过来
于是，它来到绿浪平静的原野
火车上，树上，田地里

西行之车，飞动不息
光追逐时间，追逐人

打开我颓丧的惊喜

2.

流向天空的碧绿的杨树
闪耀新鸟的光芒
河流闪耀火的光芒

山岭上的几棵枯树
一动不动，它们隐藏死亡的光芒

乌鸦落在废弃的铁轨上

3.
稀疏的草地上
散落着杨树流荡的灵魂

它们只显形于飞动的绿的雨点
如同梵高放牧的绿羊群

房屋废弃，黄昏
空无一人

4.
麦田里，只有整齐的麦茬
麦子隐约的金黄的梦

山显出它坚定的层次
不经意的美

流云汹涌
在任何地方，都在远方

5.
河流在途中干涸
雨水会从远方赶来

丢失牧人的羊群在山巅游荡

只有从清晨到傍晚都在赶路的人
才深知光的诞生
如同万物新生

6.
清风在山谷中回荡
人又能捕捉什么？

孤松在正午的悬崖之巅
仿佛随心赋形
无所不在

此刻，谁人曾被挽留？

倾斜的黄昏

倾斜的黄昏浓重起来
荒草于日落中如梦燃烧

三两只乌鸦在清真寺
灯火点点的旅馆上久久盘旋

枯湖闪耀仅有的光芒
如弯刀，又如这一日最后的金色天籁

农贸市场上的当地人
赶着疲惫的骆驼和老马回家去了
来往的车辆也一闪而过

黄昏苍茫，星空辽阔
只有我们还在荒凉的路上

不知要往哪里去

清晨

流浪的树还在远方
我一人在这荒草与野花中停下

乌鸦落在枯枝上
风吹来远方的孤独

牧人早早就赶着羊群出来
好像乌云，连夜赶来暴怒的雷电

此刻，万物散落于草上
而这一切，都不过是安详的假象

有谁知道他下一次的晚餐？
有谁知道他午后的命运？

多像一座荒芜的城
四处流溢着隐秘令人不安

杀羊

清晨空阔。都在看。

年轻的诗人。厨师。牧羊人。杀羊人。围成一圈。
都在看。天空的乌鸦。荒草中的狗。

草原的时针不紧不慢。
卖秤人连夜做好一杆新秤。

它却并不惊慌。
也看不出多少喜悦。
眼里闪过的一丝怀疑的平静。如尚未干涸的水。

而它。并不看。
它让观看的眼睛自己看。
看它。看自己。

就这样。完成所有的过程。
过秤。成交。巧妙的捅刀。
脖子上大股的鲜血喷出来。
它并不惊慌。它不发出一声。

接下来：剥皮。烤肉。上桌。
谈论生命哲学的人。拿起刀。
锋利的。不锋利的。
切。剁。锯。割。戳。削。

幸存者睡眠于命运的阴影下。
而今夜。它的灵魂正飘荡于天际云层稀薄处。

第二日。
骨头抛给狗。
鲜血倒给乌鸦。

青草。青草。
仍然攫取那些低头进食者。

死亡

它尾随我学我走路就像我兄弟
它是我是另一个

是影子是灵魂它我行我素
它和我赛跑越跑越快

哪一天我累垮了倒下了
它就毫不犹豫的踩着我的身子跨过我

丝毫不留恋过去
追寻未来像追寻它自己

追寻翻飞在海上的神秘信天翁突然袭击
那些独自流浪的水手多可怜

我记得有一天它从我身旁滑过
命我写下我感到它轻盈友好如命运之吻

午后

午后只有一个
母亲，在深山里收割

雨水被大火熄灭
灼眼的麦浪翻滚

鸦群和流浪的灵魂
在田垄上追逐
浓重的影子

远处，
黄蜂在山崖的梨树上
偷盗光的蜜

七月

　　写过五月的诗人，如今也要写下流火一般迅疾而黑暗
的七月。
　　死者不瞑目，生者不能已的七月。

　　这多么令人悲愤！
　　而如山洪一般沉重的，多少人用生命铸就的教训
　　依旧被愚蠢的无知者视为草芥。

　　多少灵魂还飘荡在江南潮湿的雨季！
　　多少人，第七日还不能上路！

缄默的女孩

她做荒野的梦。
斑斓而无知的石头。

魔鬼用灯红酒绿偷她的心。
给她醉人的苹果酒。

像被抛撒的白花花的碎纸片。
疯狂飘荡的云朵。

爱她的她致以冰冷的缄默。
顽固蔓延的梦的铁锈。

缄默加速死亡。
白晃晃刺眼的阳光。

而正午的追忆。
那些惨淡的旧时光。

是另一边，是死亡。

初秋致文森特·梵高

晚熟的玉兰和炽烈的向日葵
孤独的耳朵
如今尚在天上飞翔

永不完结的死亡鞭策永不停息的新生
它们发出明快而短暂的光

窗外耀眼的麦子呢?
头顶袭来的猛烈颤栗的鸦群呢?

像他,另一个故乡
青苔长满秋的屋棚
他在阳光满溢的橄榄树上飞翔

金黄,金黄的轻盈

那清净的睡眠

秋日幻想曲

1.

秋天深起来
我独自一人来到郊外的白桦林

树木的漩涡一团团流走
石头的风暴在云端起舞
我震撼于

那充溢其中却无法流露的近似于无的笨拙的激流翻滚
西山辽远

2.

那是些用死亡舞蹈的人
此时
唯有他们静静的从我身旁经过

有的远去
有的就要回家了

3.

一闪而过的，并非不存在
它属于另一个人

河水在云端
时光是落叶的蝴蝶

它们倏忽而没
我触及不到任何一个

4.

我并不惧怕突如其来的死亡
即便生来就带上它的枷锁

我也不怕虎狼虫蛇
而我，却被林子里沉默而必然的野草纠缠脚步

我怕被它们淹没

5.

我要留在这里享受清澈的安宁
鸟儿在我梦中鸣啭

叶子纷纷落下来
盖在我身上
盖住我时间的光芒

那些未及说出的
都留给它

6.
月亮在林子里徘徊

它们，也许已忘记曾经的那些话
可，它们把它留给了我

正如后来的人也总有一天
从这山脚经过

看见它们曾经占据的凌厉的山之剑
看见它们轻快的影子

美而忧伤的心
对这个世界的爱与恨

野花

亲爱的，满山的碎花中
我们在山巅相拥
秋风从远方的果园带来迷人的清香

亲爱的，我们胡乱的唱着歌
小鸟儿在山腰徘徊良久
那精致的优雅多像春日不觉的萌发

亲爱的，夜晚寂静
月亮高高悬挂在天上
我们把那些野花插在桌上的玻璃瓶中

暮色

暮色平稳如同死者无法放下的念想
如同我空洞的眼睛

而它凝视着我
如同凝视一条日夜不息的河流

树木投射在天空的土黄色的影子
舞动灵魂，也舞动虚无

那肆无忌惮的巨大的轻的伞
可它盲目，它刺杀无数颗希望的心

如同曾经的冰，如同僵死在天空的河流
也如同生活这懦弱、凌厉的闪电

清晨出走的枣红的马驹
已经迷失，已经不再年轻

漫野邪恶的苜蓿吹拂遗忘的迅疾之风
蓝花们失去曾经鲜红的野梅子

另一种暮色

将黑的暮色沉沉
如同海水退却，留下岸边的平沙

树木舞动微微的春风
我看不见，我却知道那原本的静之动

鸟儿飞还，掠过窗前
也许雨水就要来临，也许月亮就要升起

那些散乱的脚步声一如昨日
穿梭在街上的，飘摇在海上的人都回来了

它那么巨大，无所不在
却昏黄如潮水，就要倏忽而没

避暑山庄散记

1.

几只梅花鹿，像突兀的火降临在湿润的暮色中

宁静的魂灵与精血
守护的灯
在荒草中游移

遍野萧索
山间它们的宫殿空空闲置

属于它的，不属于它的
此时都不能久留

2.

微雨落在草尖上
落在山峦起伏的林莽之间

落入湖心

多像飘荡的众多的灵魂

夹杂难懂的语言
落入我的心中

落在我的舌尖上

3.
我爱这里质朴的萧索之后安于各处的宁静

被收割的荒草
被伐倒的树木
断石以及未曾修建的地基

（好像一个未完成的梦
抑或是一个梦的败落）

而山后的湖如同宫女废弃的铜镜
它使山与树
都和自己相视，相谈，相伴
共享的孤独

4.
还有山岩间紫色白色的小花
偶尔飞还的喜鹊

一切皆是离开这个世界后它们轻盈的灵魂
影子般的思念

水面上流动的雾群

无形却万变的平和自在的
舞蹈

绽放，绽放，悄然败落

5.
红色白色蓝色引领它们飞升

是对它的爱，在这山巅上高高耸立
是它的迷恋奴役
无边的死亡

（而死亡的灯光明亮
金莲在暗夜中永恒照耀）

巨岩和金子
还有树木的卫兵

6.
——也许，我并不惊叹于它
而是众生对它的爱
铸成有限的形式

无限的纯粹的精神的天梯

它藉此从高处俯瞰
参天的古木
而一个俯瞰者在这里犹如正午空无人迹的喜鹊

流云变幻
哪里是它的位置?
什么样的形又该它终日而据?

乌兰布统

1.
枣红的马匹散落在河滩

简陋的砖瓦房依山而建
五彩的草木
被收割的玉米

成片的向日葵，在河对岸
一个个低下秋的
头颅

2.
荒草匍匐在山坡上领受秋的点染
阳光的金子正张开贪婪的翅膀光顾地上的一切

藏匿在林中的乌鸦
羊群
时间的腐肉

都放弃它虚无的部分

白桦林在山岭上招摇不可拘泥的云旗

3.

马匹安享坡地上柔软的野草
坟上朴素的花

牧人已经备好冬日的干草
齐整而壮观的草垛
命运黯然失色的馒头

而成片的野花此时已放弃它们最后的芳华
沉重的露水

4.

树木依然四处流浪
或三三两两，或独自一个
或千军万马，用一镞镞响亮的叶子呼喊着奔跑

在云中
在它们的生命中

用坚硬的白花花的骨头
脚下无法舍弃的花

5.

成堆的云从山背后聚集

远方的湖可见它们的生动与幻灭

（它们的呐喊
雨的悬停，是对流浪者的恻隐）

牧羊女独自在山岭上拿出可怜的小镜子
也许它看见了身后的云

翻飞的白鸟

6.
而我们
在荒草开阔的风里

两棵树远远的在前方等待
我们走过去，就坐在它们的根上

旁边是一堆干了的马粪
树干上飘动着几丝白色的马毛

远处的山包上是一个低矮的碎石筑成的玛尼堆

闪光的树

虚无的风充满荒草的河道

树翻滚的血脉，激动，灵魂的闪光
在我心里

无比真实
如同血脉铺张的闪光的树那茂密的舞步
四处流溢

它爱我

所以在这里相遇

唯有警觉

唯有警觉的疲劳驱赶单独的赶夜路者
唯有不安
游移

荒草闪烁神秘的光

苍白的遗忘围绕
秋霜在睡眠中覆盖田野里的石头

石头的手脚
冰冷

头脑静寂

所得

它以整个的自己劈出恰好的形状

我明了它的脉动
我无须明白它的意思

夜里
匠人剥开它身上多余的衣服
丢掉不是它的
亮出它本有的

这些光出自这里
这些符号

这些羊重新属于我
除却神
顺手牵走的

我迟疑的皮囊

苹果，蜡烛，小木船
一个祈愿漫漫无边的秋草所有光明洞见的喜悦
都被摧毁

是缠绕的杂草
是鲜血的呐喊
是囚禁，噩梦的囚禁

疾速的海风暴的高墙倾倒过来
——倾倒过来
之后，如盐消融于水

缘于它也消融于它
闪电奔跑的瘟疫
那么明天呢？明天留下什么？

我迟疑的皮囊
死亡的空壳永不会寻找生动的灵魂

灵魂，茂盛的芦苇

灵魂，茂盛的芦苇
以刹那的闪现
在星空
漫步

而这仅仅是虚幻吗？

河滩确定
水确定

它落在石头上闪光
落在野外
飘荡的风里

灵魂
的烟火

如果不能

如果不能坚定我的心
如果不能遇见

只带来一些又硬又小的核，黑杏核
而我两手空空

它是什么？
留下一座空空的城堡
灰色的象征疲惫

那些被断裂的时光

我的心是什么？一个人存在吗？
夜的黑风筝
在杂草上——飘

它追随光
死亡的单向度

此刻

此刻，他突然质问
而我可以说，不曾相遇的即不存在

最后一刻他并未来到
并未突破
上帝的镜子的幕布死亡
的羽翼的茧

他放弃他
寒湿料峭而犹疑烦躁的窘迫之春

他成为其他
或继续存于对他自己的追寻
看着我

失去的可能

山岗

那些坚硬的山岗高高
它们摘野花摘星星，空旷的家园多余
的感叹

放弃吧
山核桃，砀山梨
该冬眠的松鼠

你若找不见
就与那些石头并排坐在风里
与它们
上山去

金银木

——致保罗·策兰

它在那里等着我细滑的芬芳游弋
尖锐的，乳白的
足以为它选择任意美的名字

红色的果实闪烁
冬之火核

最高的轻灵
聚会的落木之琴
献给你

你在那里等着我
秋叶落地

雪在窗外聚集

(2012)

致爱人

晚饭后
我记下你无意的微笑

它是一切回馈相安的生活

胡枝子的蜜。硬柿子。花生奶糖
明早的大白菜
都给你
暖和的睡眠

再见吧
另一个世界的彩风筝

雪在窗外聚集

我要离开这里

我要离开这里
放弃自己的镢头

适应它
让它在夜里挖
在星光下

二月里
奔跑着挖
挖我自己
我所不知道的

那些瞬息间丢失的
苜蓿芽
冰凌

空空实实
眼睛明亮

我与你那么近

砂岩的高岗上那些火红的树木奔跑
最浪漫的内心
的歧路

你的林中路尚在等待
肆意流亡的雪

那些小兽明亮的率真
我与你那么近
你的眼睛

而我
等着谁？

夜柔软蓬松

夜柔软蓬松的棉絮纷纷落下
一种是衰败的
一种是新的如同每一次
打开

风中丰硕的灵魂之素

落下来在篱笆墙上
冰冷的黑钉子
拿扫帚的人

落下来久积的艰难的叶子
是思想的叶子

冬日之光

好像一寸冬日的将晚之光
掠过我
狡猾的命运之谶

没有一刻不在捕捉它播撒的种子

偶然的玻璃杯
干瘪的桔子
妹妹

失散的
羊羔

一边是

一边是新生者灵魂落地冲撞畏惧的惊喜
那木门去留的夙愿

如一只命运之蛾
轰然倒地

而另一边是另一个
它不松手的追逐
与逃亡

清晨之光
在死亡的冰上打滑

生命

它在清晨如同麦子的光
年轻的云酥软的鞭子
袭打我
爱我
在树木零散的天空

暗黄的灰翅膀
轻与重

生活总在这里完成它的加减

烧伤的金子

那是些烧伤的金子光耀的老虎
用灵魂开放

坚硬的花岗岩和它的刻刀

他把门关着
只留精致的缝

精致的梅花血斑
月亮的锈斑
玫瑰与罂粟之梦

——给后来者

雾一样轻薄

雾一样轻薄而安静的夜布中散漫的光
光温柔中某些
迷离的暴动

孤独的
在沉睡中偷窥我

有时，树木挥动它
使它轻
轻于无

隐秘的灯
植物之灵遵循它
攀爬

死亡正
以此顺存巨大的生存

震颤的豆子

震颤的豆子
寻觅我的手，手指
黑夜的根
黑夜缭乱的发丝

亲爱的人寻觅我的心
透明的根

哦，那些火点燃
爱的蜜

南方的梦

在陡峭的荒坡上行走
如影随形
它们
一类被另一类逐个吞噬

驼鹿的队伍浩荡而它们全然不知其中
夹杂着豺狼
它们
一步一回头

杀戮随风传向无知者
一路跟随黑白的猿猴
以及无形人
远远的，荆棘冰冷

最后是白毛兽绒毛柔软
凛凛威风
造梦者最美的终结
于是

——寂静
一个个被砍伐的驼鹿的精血之树
豺狼金针的鬃毛
都在它的注视中消融

山谷空旷回还
雾幕严密

（可是死神幻形的大戏？
多美，你诞下的清晨）

新雪

光起伏在新雪轻柔的山岗
竹林中

野兔留下蹄印
溪水淙淙

而死者
用灵魂
面对这巨大的宁静

冰冷的死神

冰冷的死神
等待
冬日提早回驾时你
伸展四肢
和骨头

绳索如羽翼般
漫天降落
一点一点
收紧

哦再见，使者
它已不能再拿黑暗而无用的拐杖
丈量

你留下的雪

灰鸽子

只有灰色白色的鸽子，在清晨
带着影子飞啸
倏忽而过

它们羽毛的余光
投射下来，照亮攘攘路上

孤独的风
洗刷着冬日
强劲的
尾巴

这一万年未变的
均于此交集

死亡温柔

死亡温柔的湖水已经把这个世界隔开了

那些蓝色的花之火
(向日葵之手)
像无边叶落

我碰触你
我们飞

河神

河神把那冰打开吧
让它把那些钉子喷出来

飞翔的向日葵
也停下

它穿上最华美的衣裳
唯一孤独的心

在原野
游荡

最后的荷尔德林

（某一刻，我得见他金色的黄昏）

三只海鸥绕着安宁的塔楼飞翔
向日葵饱满了
白桦树闪现迷人的光芒

他临窗远眺
夕阳衰亡的玫瑰之光

打在他脸上

豆灯狭窄

豆灯狭窄的夜
就那样
我们并排躺在木板床上

两个世界的灵魂
最终相见
在另一个世界

而梦中局促的怀疑与思辨
而犹疑与惧怕
就那样
从木门的漏洞中偷窥

年轻的逝者久违的容颜和
某一次遗憾

那些经冬的

那些经冬的老椿嵬嵬之花
还兀立在清晨
金色新生的鸟鸣中

光忽忽飞快
唯它在此

却足以剥去生之可爱者
而以生之名

失去的人

春夜

温润而丰美的春夜
沉醉在云端上如同过客忧伤

爱人共赴无限之约
海棠玉兰以及空中斑斓的光

麦子在轻风中摇晃
那山中牧羊人独自在树巅上

金眼睛闪烁

金眼睛闪烁的兽
在暗夜里
多少次了，被圈禁
又被诱惑

屋顶明亮的星星
孤独的树
以及死亡的风之吻

你们
你们说

邮递员

这个男人
一早一晚都能看到
脸色偏黑，神情厌倦

曾无数次敲开一扇一扇的门
面对陌生的脸孔

（或许，也有他的几个老熟人
——只是老客户
有时他们寒暄几句）

不管是送出的，还是收进的
那些信都要加封
神秘，（这神秘已经庸常）
但无所谓，日复一日
他只负责收送

就这样，像无数的信使
他是无数个
也是一个

是无数个时，他存在，却神秘而虚无
是一个时，他不存在，脸色偏黑而神情厌倦

是的，他也是我
他替我送信
我替他等待

失语者

失语者站在窗前
听树上的鸟鸣

世界以及它之外的
都在远方

唯有生活的云糖
在这里
亦真亦幻

滞留与逃逸

月亮隐逸

月亮隐逸在墨绿的云岩中
光依然漏下来
在婆娑的楸树上

萨蒂尔醉了
在所有可能的光上
独自游走

精确的叶脉
蛛网，以及白狐的眼睛
世界仅存的蓝星星

那一刻，他几乎触及了
所有的幻象
和思想

怀人，兼致 W. S. 默温

十年一瞬间。
你与我同见。

一条河终要汇入更大的河。
一首诗也必将融入无数首。

红叶。偶尔的松鼠。某个清晨。
达利。或许一只蜜蜂。以及窗外的狗吠。

我怀恋过往时光。
我为所有善良人悲伤。

而此刻，这些于你算什么。
愿你灵魂记忆世间一切美好。

愿你远逝的路上。
金阳普照草木芬芳。

马群

它们一群从哪里来
那么率性自由
梦一般的马群
白的，花的，灰的，黑的
高矮不一，经过河道，草坡以及路边
遥远的几棵胡杨
一点一点
孤独而自足的近了

那领头的
枣红色的皮毛油光发亮
婆娑的鬃毛从脖颈一直垂到额头上
沾满了蒺藜籽
它看着我走过来
像是要向陌生人问好
眼神清澈而深邃

我伸手摸摸它的脸
它摆摆头甩甩尾打一个响鼻就走开了
其他的十几匹

也跟着走开了
我看着它们向我来的地方走去

到了不远处的海子
一个个下水，能听见它们踩水的扑通声
戏水饮水（也许它们观水
看水里的自己，水里的云和天）
它们并不着急，等玩够了
才上岸去，排成一队
依然跟着那枣红色的一匹
向草坡上去了

等它们不见了
我才向西，向它们过来的地方去
我所从来的以及我所要去的
都是它们熟悉的
这里属于它们
我们也属于它们
我们循着它们的粪迹行走

一闪念

一闪念而过的
只留给这个世界的神秘的影子
在我心里像
窗台或门缝里
一闪的尾巴

如同枯枝留在雪上
为这一念
为些什么

银的烟

银的烟
坠落的睡眠和黑暗
那些在树梢上摆动的火

一种思想
他们高高的举在空中
那精致的杯子

流溢
滑动
一瞬即灭

是一粒麦子

是一粒麦子把手放在
干燥的木头上

并不等待落地也并不等待收获
延绵莽莽的草地

金阳在栅栏边照射他
远处的水塘
两棵老柳树

婆娑的云

公马

草原多寥落暮云低垂在万物静默的头上
一匹公马游移的灵魂上

风吹动它飘逸的鬃毛
以及它垂在胯下乌亮健壮的棒槌

像远处零落的杨树上
那些孤独的流浪者

它也举剑而立
迎着一切有与无

人来人往
眼神落寞

时间的反光

时间的反光和质感
都在，这里

沉默的瓦青的一天
微冷的雾中

塔楼和松树
分明的站着

是静寂和
光的勃动

河面上

河面上是灰暗的影子
和它的马

岸上那高大繁茂的洋槐树
一半在明处
一半在暗处

死亡苦涩，死亡甜蜜

(2013)

故乡之夜

冬夜寂静
像多少年前一样

我在炕上，也能清晰的知道
每一颗星辰在辽远苍穹闪烁的位置
凡它所照见的
都有了光亮

北风贴着麦草垛蘑菇一般的圆顶吹过
像吹过我三十年浮尘莽莽的心
那么干净

光在天上那么明媚

光在天上那么明媚纷纷的投射

是苹果花，是海棠花，是蓝蝴蝶，是向日葵和野菊
是百合是紫薇，是月季和玫瑰
是金针，洋槐，是葡萄

也是玻璃，水，和乳白的瓷
多么华丽的时光
——多好

我曾是山上牧羊人
我有限的领略过这自足的孤独

逝者

这条路多么宽广
往来的，不知觉间，就如同一粒沙
滑落手指间

一个匠人，在生间忠实辛勤的创造，为这个世间
打磨一些微不足道的光芒
桌椅，玫瑰的大理石
剑，一些词句

这些都留给后来人
足够他们一生一世，一日一日
来遗忘

一梦

那一梦
像昨夜陈旧的风
四处夹裹海棠的清香

它当有令人惊叹的精确的结构和隐喻

可此时，只余这些在巨大的寂静中彷徨的句子
如同梦中小兽在水仙丛中向我探出
它毛绒绒的头

狡黠的诱惑
深深的回味

山行

1.

山湖间多寂静
我不止一次赞叹它的美

茶山上高高的松林和竹林
山雀啾啾鸣叫，从这一棵到那一棵上
只一两声，便可布罗天地间所有飒飒清风

山脚那些纷纷的海棠
那简陋的石屋大概偶尔会有守湖人来住上一夜
他该熟知这里的一草一木吧

2.

我也多想成为一个守湖人在这山林间
我可以以最慢的方式行走
在湖面上升起黄昏寂然的湿气中

多数的鸟儿回巢
而总有一些会在晚间出来鸣叫
我以为它们就喜欢黑夜

这可以视作它们生的哲学，它们是少数派

就如同我成为守湖人或者
守夜人，但不管成为什么都是成为我自己

独对孤灯与星空
独对我自己

3.
稻田中陈年的稻草堆成堆
与埋在泥土中的根茬一起在清明的细雨中枯白

坡地上是明亮的油菜花以及油菜花中
那些零落的旧坟和新坟

生命的意义不值一提
静美山间倏忽而没的每每都周而复始

生命本来寂静
本来像那群回徊的风

4.
这一切
槭树巅上停落的雨水
都涤荡我

让我在此久久徘徊
就像一个客人久久犹豫不知是否
该放下他那些华丽臃肿却可怜的行囊

可怜的行者

5.
我是所有劳作者中最笨拙的
我知道土地给我衣食，劳作让我干净、清明

丰收固然令人欢快
但我并不刻求太多
生活就这样

自然令人欣喜

而自然令人欣喜：
花儿虽然弱小，却昭示着许多明亮而欢快的结果

光在天上飞翔
总要找到落脚的地方

多少斑斓事

多少斑斓事以最不经意的方式完成
这多令人惊奇

比如：
花蛇以惊惧
罪恶以悔恨
生命以庸常

而我们每一个，皆以遗忘。

以繁花

以繁花聚拢一切光和安然
那群乳白的金银木之花，在那里等我

以细腻却开阔的善意，等我出现的每一个时刻
以徐徐飞升的意气沛沛，令人欣喜
以明净的心

它们等我，知道我
如同知道在风中飞舞，并必将它们
燃烧的时间之脚

（它们是一群活得坦率的人
自持永恒向上之精神
安于灰暗之途）

忧郁的枪手

忧郁的枪手厌倦了逃亡
血液琅琅，如金石般优雅的游出子弹的穿孔
从衣袖里滑出来
顺着雪松木的船帮滴落水中
化为乌有

尾随而来的黑衣人永远停在了
岸边上，还端着他锃亮的来复枪

亡灵在水域诡秘的高处
迎接属于它们的
最后的气息

它们生来不在一处
死后也必不在一处

生命之灵轻浮

生命之灵轻浮在上面
灰暗的雾气朦胧

那些枯败的树，被雨水压弯的灰绿的树
那些在屋檐下等待的人
在雨中匆匆行走的人
没着落的火

都心怀潮湿而阴郁的斗志
在这世界上
孤独的游荡

死亡在黎明袭击马匹

死亡在黎明袭击马匹
死亡苦涩，死亡甜蜜，死亡欢愉的探出头脑
死亡沉寂如同父亲的地里长出庄稼

如同秘密喧闹的盛会
在每一个人的睡眠中
曾有一刻它埋伏于我的每一寸肌肤中
玫瑰花瓣在湖上飘落
而伤感的猎手在每一个可能的时机
都试探性的端起枪

有时，整个山野中那些可怜的牧马人几乎看不见

反复驯服的每一匹马都哑口无言
如同黄昏变幻翻滚的沉默之云

灵魂轻浮

如何坦然于这生之境
如何坦然于深邃星空

何时

你秋风一般清晰感知灵魂向上的重量
你像兀自一朵花孤独行走在这大地的清晨
你知道死亡是黎明反刍黑夜的味道

它翻腾你卧室的每一个角落
在每一块镜子前逗留

晨雾缭绕

晨雾缭绕那些身子发黑的老柳树
在荒草莽莽的河上

如同死亡不着痕迹的舞蹈
在山林间在荒野中

回避隔夜的清风
那些疲倦的梦

偶遇的过客欢欣又欢欣
忧伤又忧伤

最后稀疏的叶子

最后稀疏的叶子也都该落了吧
河中那些落寞的树

是河妖多情的头发
孤独的头发是多少灵魂
流浪的寓所
巨鸟之巢

即使在冬日，它也必然散发魅歌一般的诱惑
使陌路人不思前进

而所有这些多么轻巧
如同一个陌路人
与它偶然相遇

那大车在路上

那大车在路上艰难的爬行，载满粮食
马匹路过旧栅栏，栗子林
南方的红泥路总是湿气太重

每一条溪流里的水都不知道从哪里来
松林上的乌鸦，枝头上孤独的柿子
都不知道从哪里来

那大车载满粮食
可是没有驾车人，马的眼睛空洞

虫豸一样的粮食，金黄的
秘密的粮食，死亡的粮食

我们吃着
不分昼夜

是一只鸟飞起来

是一只鸟飞起来，疾缓无定，用饱含暗示却轻盈若无
的翅膀
是奔腾的流水温柔又尖利的喙
向我说死亡你好

是月光，这世间万物流动的忧伤与向往
向往与畏愧，用白驹过隙的遗忘
用遗忘向我说死亡你好

是它在窗台上窥探，用霜花精巧的想象之辞
用玫瑰，它所爱的，梦溶化的边缘
用松枝，松枝在清晨的燃烧

向我说死亡你好
死亡你好死亡你好

梦中的做梦者

(2014)

神秘

漠漠茂盛的云，饱含水
聚集。聚集。聚集所有精魂
翻腾一种肃穆

精确的肃穆
万物之重

老虎和乌鸦都屏住呼吸，躲在厚厚的栎树林里

荒草覆盖枯树
繁花凝滞

只有灵魂迷人的树梢

凿凿

死亡凿凿。留下印迹。
如同一个疲倦的长梦，忽忽如无，使我安于无觉察。

而这真相，我乐于洞见。
如同乐于见枯草。乐于颓然。

死亡留下印迹。恰如我在这地上走过。
死亡窥我。恰如我叫着它的名字。

树

它把那些麻雀果子一般牢牢牵着。

它们只是偶尔在云层下面徘徊。而那已是最素朴的
自由。

这一幕冬日精瘦的寂寥。

令人神往。

不止一个人从那荒草旁经过。唯有一个尚且记得那黄
昏繁茂的飞逝。

一路隐秘的夏花恣意忽忽而没。

那树下，盛气变萧索。

有谁曾停留。

隐藏在枝叶中

隐藏在枝叶中？
映照在湖水里？

都不是。

而是在恰当的时刻，把它们射出去，像箭一般。
在漠漠岁月里，把它们射出去。
在最好的天气。

留下空空的枝条。
灵魂之巢。

人生多歧路

人生多歧路，
万事易蹉跎。

春日那落寞的灰色大海必然在深处激荡无限的喟叹。
这世上无助的失意者正在海上彷徨。
如同落单的信天翁。

结群是人类软弱的弊病。
而此时，连信天翁也隐而不出。

远处，层云噬咬大海。
那莽莽无限的。
死生与厌倦。

天色黑透

天色黑透，法梧桐的树冠上燃起一团火
摇摆着跳跃，如一头鹿，看我

在另一处，它一定也以同样的突兀
看过另一个，窗前的枯坐者

如果在山岭或是谷底
它看的，就是磐石和流水

午夜看星空
看睡梦

四月的秘密

无所谓，枣树也好，槐树也好
我只要用它们的芬芳，用它们的芬芳爱你

亲爱的，如同雨水抚摸海棠
我碰触你，我揽你飞翔

我们在树上守夜
水鸟趁夜在海上畅意

四月的秘密
哲学家不知道

树木的暖风
亲吻你脸庞

往事

即便只是一粒灯火
也总会经过地形复杂的山林到这山峁上
粗粝的砂质以及土黄色的风

一些事留下来
就不会轻易走掉

山腰上的冥火
那些兔子野鸡都一定见过
硕大的梧桐花以及腐烂的苦杏仁
年年落在这荒草洼上
经冬经雨

这些不动声色的沉默者
都记着

你的容颜

偶遇

我们正在山道上徘徊
拿着刚采来的一把雏菊和风信子

忽然，一对红锦鸡飞过来
一前一后，火红的冠宇，金黄的脚爪
寂然又欢悦，如一念精致的梦

当它们缓缓相随，又像是不闻世事的自在隐者
在余霞最后的光里，从容恩爱

我们惊异，但它们并不在意
它们知道，我们只是两个走散的闲人

此时湿气四下，天色渐于苍茫
山岭上的树木都安静下来
似乎永不再孤独

何时升起几颗星星
高高的悬在天上

蒙特枫丹的傍晚

这个灵魂丰沛的人，见证了光如何一寸一寸爬满
那棵老柳树所有新老的枝桠。

地上的矢车菊和车前子
以及其他不知名的，
都如同上帝的念想，闪烁着不定的光斑。

迷濛之光必然使万物失去准则
使它们灵魂出窍。

如同俯瞰的水妖和树灵
在天空，带着无数精致的碎叶子
跳迷幻的舞蹈。

而就算他爱它们，就算他也已放弃
所有的思想和言辞，心中充满群山一般恣肆的惊奇。

就算他虔诚的躺在草地上像被收获的麦子
整整一天，又能如何？

露水打湿裤脚，回家的路上
这个清瘦的小老头才茫然若失的发现，
这一天并不曾存在。

他拿不走蒙特枫丹的一丝一缕
柳树上机警的盯了他一整天的白头雀
什么也不曾失去。

采柳枝的红裙少妇和她的两个孩子何曾来过？
他反复思虑，并不太确切。

就这样，
老柯罗念念不忘的那个迷雾氤氲的早上，
没什么可说的。

这个幻想家只是在某一刻深受垂怜。
他是有福的人。

影子之树

1.
那树。冬雨之树。
影子之树。幼小的孤独。
如同世界不曾存在，又好似永远无处不在。

2.
在湖边灰色的春雨中模糊不清。
模糊不清。又像无比精密的意念之墙。
湖水被它阻挡在另一边。
寂寂无言。

3.
是孤冷的灰绿。
是阴云聚集的苍灰。而不定的南湖。湖水。
自有它漫涣无边的高度。

如同万物。如同它们的命名。
如同每一个审慎的对其命名的头脑。
又如同多年涣散不断的一种的意念之翅。
不可确定。

4.

它带着微风真挚的清爽从夜里来。

抚过天姥山延绵不绝的林莽。以及栖居树巅的魂灵。

抚过万物的头颅。

如同爱人亲吻。

它行路时。

星空隐逸人间万象。一切言辞秘而不发。

这难道不是风最诱人的秘密？

又如同暴君的杀戮。

影子之树将模仿所有灵魂的欢欣与哀伤。

在空空岁月间。爱。恨。

留恋某一丝风波，怀想往事。

像一个独居的诗人。

5.

或许不。

而是在山岭高处，在夕阳堕落处。

那拼命发散的舞蹈，如神灵在身，挥霍山石之精气。

气象万千，每一动都饱含亘古朴朴的决绝。

但这仅是其中的一种。

生命有万种献祭。

6.
无论静夜还是黄昏。
灵魂在献祭中必将喷薄玫瑰之火。
这是万物间最可感怀的爱。
最炽烈的爱。

哪怕是在夜雨离离的孤树上。
哪怕仅有一星之光，搭眼即可知。
哪怕只是影子之树。

7.
两个虚无的孤独相连，大于一万棵树实在的意念。
一湖微波，万里月光。
可有谁知道？

8.
湖中丰茂的洲子。
是它们的居所：枝蔓妖娆者。长蛇。
黄昏翻飞的白鸟。以及夜晚，必然出来偷盐。
那些欢快的蝙蝠。

自然微茫。却令人神往。
千万年如此。

9.
唯有神思才是万物之光，常常闪现又忽忽散灭。

如同一只刺猬在湖边逡巡。
踩过一枚树叶。一个被秋日遗弃的。
向日葵。

偶尔收获颇丰。
某一刻也可以清晰的辨认自己的影子。
而终究，它只是一个游荡者。
在不过一方的世界里。
始终无法确知自身。

10.
人又如何作为自然万物明亮的尺度？
人又何尝不是孤独的游荡者？

万物的意念阡陌交错。
如同荒草在雨后闪现清新的光芒。
源源如泉涌。如风来。

11.
人在这世上思想。
多像梦中的做梦者。

达费诺尔

1.

这并非一个梦。

水在草莽中游动，如同令人心惊的蛇。
晨光半夜就打下来。

这新世界。好似一匹野马。
在大海上奔驰。好似一束缤纷缭乱的光。
打开我眼睛。

白桦树结队而行，多像无愁河上的浪荡子。
放肆的笑声似乎还飘荡在不远处那山巅接云蔽日的树
冠上。

它不理会火车上飞驰的过客。

2.

漫山上野花恣肆。
好像浪子飘荡的心，谨守自然的秩序。

它们形体微小，却躺卧整个山坡。
它们收集所有光阴。
光所有的明眸。

它们只倾心于重生之风。

春日春风。
秋云秋火。

3.
达赉诺尔放牧成千上万的云簇。
灰紫色深沉的湖水。宣示草原庞杂隐秘的思想。

好似鱼群，在水下闪光。
而湖面上波光粼粼，那是风的步脚。
它们的圆弧无限。

一个人在湖的断崖边飞扬的野草上。
所有的思虑和念想。
都被抽空。像一滴雨水落在达赉诺尔。

过客多么轻浮。哪怕是一刹那。
也无法拥有达赉诺尔的一花一草。一星一沙。
甚至云的一瞥。

它们不存在。

除了达赉诺尔和它放牧的虚幻之云。
除了它们谨守的秘密。
没有什么存在。

4.
海子不需要看海人。

羊群不需要赶在天黑前回家。
羊群也不需要牧羊人。

它们从天而降，在海子边饮风食露，
像忠于职守的信使。
千百年，静默着守候海子隐秘又丰沛的消息。
它们得到了所有。

你总会前往，你会像一个诗人一样。
要把羊群赶进大海。然而这不可能。它们一动不动。
它们只有在远方时，才缓缓移动。

若有一个牧羊人。他必然放牧它们的灵魂。
不论晨昏、白昼或是黑夜。
他不会在乎。

即便它们只赋形为一群动静轻重的白石。

对他来说，这并不重要。

他固执如顽石。
他骑云行走。

5.
废弃的那些低矮的泥房子。
如隐士般，在广大的草上就像一个成因简单的错觉。

它们的主人也许早就受够了
达赉诺尔成年累月的相对无言。
受够了湿气沉沉的风。
以及灰色的湖水。

冬日，浩荡的北风在这里狂欢。
似乎要卸下地上所有的重负。让它成为不毛的荒漠。

他给发黑的木门上了锁。
他走了。

他在泥房子边留下一条荒草路。
他去了哪里？

6.
远方是枣红的骏马在草原的高处久久凝望着远方。

落雨时它也不躲避。雨水梳洗它的皮毛。
晶亮的水珠顺着它的脖子滚落。

顷刻间落入草丛。
如一刹那的神思，随风而逝。

只是雨水如倾，轻盈又厚重。
一个过客，哪怕是五体投地的朝拜者，
又怎能如此意念沛沛?

它是自然的神思。

风扬起它光滑的鬃毛。
风不会冷落任何一个孤独者。

孤独者不等待访客。
凝望远方的马不寻找骑手。

它们神思游荡。不在这纷扰世界上。

汽车疾驰而过。行者步路。多少野花匍匐在地。
就要完成这短暂的一生。

7.
晚霞缠绕巍峨的白塔。

夕阳就要把最美的光打在树木和花草上。
经幡舞动的风上。玛尼堆上。
缭绕的桑烟上。

曲河也是时候了。
一天的幻念就要像睡梦一般，
以最不经意的方式烧掉。

蓝色的火。玫瑰的火。金子的火。
下山虎的火。九尾狐的火。
蛇的火。大理石的火。
月亮的火。

以及无数渡河而来成群献祭的小青蛙。
血的火。它们死在途中。把血染在水泥路上。
如同祭司洒下美酒。
如同灰暗的星星。

这自然之诗。

8.
山腰的孤松上飘扬着五彩的风马旗。
野花在墓碑前后烂漫。

一个人在这里长眠。在他归还的地方。
他又一次躺在地上。

睡梦在泥土里。好像花蛇藏在草中。

在这里，他又一次获得平等。
与千万草木为伍。

看云。看花。看牛羊散落在草坡上。
当他偶尔念想这短暂的一生。他不会在意。
生间的行路艰难。

他为有这一程美目。
而灵魂轻快。

诗人像

雨不停的下，瞧
槭树下那人，瞧那人他多么孤独

瞧他那两撇上翘的黄胡子
就像要从泥泞的路上
飞离人间的灰马，它只爱灰色的海

瞧他那黑色的礼帽，黑毛毡的大衣
就像从土耳其跋涉而来的梦游者，总有一半

掩在光的阴影里，像树，也像河
雨滴落在他简陋的手杖上

淡蓝的眼睛
明亮又忧郁

是圣人的美意

(2015)

○
●
●
○
○
●

湖光

洲子上那些白茅
秋色已渗进它们心中

远山逶迤
水雾浮动

野鸭在青灰的湖上游行
像一个人轻曼的回忆这一生的美好

那三棵树

那三棵树还在路口
马鸣还漂浮在茂盛的芦苇上

只有我们
来了又匆匆离开

任何时候
远逝的

都飘散在风里

南湖

他们六个
衣着讲究的年轻人
就在湖岸上

一个拉着新娘白婚纱的裙角
不断向空中抛起来，婚纱离手的
一瞬，他就猛的闪在一边
闪在一边时，赶紧搓一搓双手，接着又抛
他想让它飞起来

一个拿着相机，趴在前方的路上喊着口令
另有两个，一男一女，站在他旁边
无所事事的张望

天色将晚
南湖的凉气
已开始铺天盖地

死亡金黄

死亡金黄
唯有它得到光的宠爱

湖面的荷梗
山坡上的麦子

无处不在的死亡
让得到的人和见到的人心中

都充满喜悦和悲伤
像锐利的麦芒

而得到时
就要逝去

山行

蓝色如醉的远山
可是虎公子一个畅意绵绵的梦？

山道上的香樟树
已洒下一年所有的结果

那些灵魂轻快时刻
山野里等待酿造的黑葡萄

像锥子一般刺我

像锥子一般刺我
让我忧伤，感到世间纷杂的虚无

不是欢畅的大雨，也不是独断而暴戾的雾或风
大雨落在南湖对面尖尖的山上

仅仅是那么一瞬间，是什么使我们的相见
变得犹疑，变得永远隔阂

命运给我昭示
好像夜雨落在木头上

一些在黑夜里疯狂生长
一些在清晨的第一束光里死亡

鬃毛不再飞扬

骏马的鬃毛已经不再随风飞扬
骏马的眼睛里已经不再有随时幻化的云朵

骏马的腿脚上是霉变的草料
它们心中的大火亦如燃尽的稻草

它们坐在路边满怀耐心
消磨无趣的旅程

这不是生的意义。生的意义本就空无。更不是
日复一日庸常的打磨

像马群

像马群一般，奔流而来
我已经如同患上慢性病，如同遇上风
我在风中如同一个老人
这一生已不再闪光

那光亮何其有限
那光亮何其短暂

在这奔流中
一棵游走的树

灰暗而缄默
已不能歌唱

我看到它们

我看到它们站在孤寂的山崖上
像落寞的哲学家
然而并不迷茫，在大雾中
看着山崖下往来的人

我忽略了它们的思想，那刀剑一般
端在那里，枝叶尖端上沾着晶亮的水珠
以及巨大的静默

那些年轻的松树、杉树，或许
还有叶子沉重的楸树和梧桐
它们披着灰色的大雾，如同古代的神父
穿着深沉的大氅

静默着站在树下或是墓坑旁
看着我们，看着我们行走睡觉

它们是些慈悲的人
它们静默无言

它们用深沉的衣服收集雨水

死亡

在旷野无际的雪
在落英缤纷的芳草
在山涧流水的鱼尾纹
在漫山遍野金黄的芒果
在发黑的大理石
在大理石狮子大象的心
在黑紫色的香樟果
在蒙蒙山间孤独俯冲的白天鹅
在白天鹅的睡梦
在梦中被忧伤的怀恋
在西湖荷叶金黄时
在我一万次切切的感念
在水妖的倒影
在叶落深秋
在山中古寺一次短暂的出神
在桌上腐烂的咸鱼
在人们深沉的古老敌意
在哲学家黎明的百思不得其解
在惧怕以及惧怕的空虚
在阔达淫靡的梦幻

在锈美的铁链和呼吸
在悬崖不羁的古松和情侣的爱情锁
在空空过往的魔咒
在清醒中迷失的疲惫的老马
在马鬃不经意的飘扬
在雪花落入黑暗的波涛
在波涛不知去向
在第一束光中
在我每一念间
想我，爱我

阴雨

饥渴的雨整夜在天上游荡
人们睡着时做了无数重疲惫又混含的梦

孤桥的另一端已经荒弃
谁也不知到底有多少人有去无回
小教堂也久无人光顾

醒来的人都在赶时间
地上雨水荒凉

路边的夹竹桃和石榴妖艳的花朵
——根本无人留意

像水妖们
隐秘的笑

暮春

圣人的车马停息于哪里已不重要
清风和残云本就在身外

巨大的香樟树要在这个午后撒下经冬的五彩的叶子
那些死亡的，总会选择恰好的时间回到地上
好比祭奠的酒渗入地下

这总是满地杂花嫩草最好的时候
它们在圣人的梦中
在斑雀们啾啾的爱恋中
舒展枝叶藤蔓

这并非自然的仪轨
也非生命的触角，亦非客观之物
自然也不是清风吹动衣袂

这是圣人的梦
圣人的思想和美意

圣人看见远处追逐的六七童子

就如同看见无数幻灭世界，无数追逐的死亡
但同时，他看见

万物喜悦
的生长

死亡已经认领

死亡已经认领我们的身体
不论智者还是蠢蛋

我们这些人
用灵魂储存太阳的大火
用骨头接晚风

也要面对毒蛇猛兽，这些灵魂的贫者
要坚韧，就像对浩大秋日

它们让我们深知
生死虚无又实在

致爱人

一个玫瑰色的黄昏。
我们爱着彼此，比以往更深。

我们小心深藏心中那些明净的刺。

总有人像刺猬一般孤独。
在这尘世独行。

如我们深爱的树。
闪着令人惊讶的光。

有时我们认为是上帝深沉的爱。
有时是虚无。

这便是所有。

叹息

又一个秋天就要完成
准确的霜和雾在不止一个清晨
降下它们经年的思索和爱

在西山和南湖上，在草木低垂的头上
令他们飘浮，令他们飞升，就如同一个忧郁的梦

也降在行者疲惫的马蹄上
千万人孤独的征途

我们跟随它的意志，疲于奔命
我们想以此锻造自己
像火一般燃烧

而完成即消散

这鸦片般的徒劳

枯叶飘零

枯叶飘零
我们感到寒冷

湿冷冬日的门槛又高了
新生艰难死亡缓慢

老祖母眼睛灰暗皮肤枯黄
已经许久不进茶饭

可还惦记着她的锅碗瓢盆
她的模糊不清的儿孙

这真是一种折磨
但这是死给生大度的宽限

生者总是厌倦
死亡也从不放弃

我们只要相遇
就不会分离

白雾

白雾包裹一切
它爱它们

青灰的树向它展露最神秘的部分
房屋，孤独的流浪者
那些失群之羊

此时，即使借助迅疾的精神的光焰
也无法确定，无法确定
万物迟滞的流动

陌生的旁观者
知道，又全然丧失

如同某一种惊人的迷惘
如同星光消失在世界的半空

它压迫我，怜悯我
以弥漫的悲悯

以轻忽